乡村好对联

宜居宜业民心振　宝地良田万家兴

陈晓晖　编著

气象出版社
China Meteorological Press

内容简介

本书紧紧围绕乡村振兴战略和农村农民实际需求,从生产、生活、精神文明三个方面,精心收集、筛选了约千余副乡村实用对联。第一章"生产兴旺",主要包括农村特色种植养殖联、美丽乡村农家联、促进生产常用联等;第二章"生活幸福"主要为农村常用的节日庆祝、婚丧嫁娶、乔迁建房等民俗对联;第三章"乡风文明",为展现乡村精神风貌及文化传承方面的对联。本书内容与农村农民联系比较紧密,乡村特色十分突出,结构简明、内容全面、实用性强。

图书在版编目(CIP)数据

乡村好对联 / 陈晓晖编著. -- 北京:气象出版社,2023.11
ISBN 978-7-5029-8068-9

Ⅰ. ①乡… Ⅱ. ①陈… Ⅲ. ①对联-作品集-中国-当代 Ⅳ. ①I269.7

中国国家版本馆CIP数据核字(2023)第198387号

乡村好对联

Xiangcun Hao Duilian

出版发行:气象出版社	
地　　址:北京市海淀区中关村南大街46号	邮政编码:100081
电　　话:010-68407112(总编室)　　010-68408042(发行部)	
网　　址:http://www.qxcbs.com	E-mail:qxcbs@cma.gov.cn
责任编辑:殷　淼	终　　审:张　斌
责任校对:张硕杰	责任技编:赵相宁
封面设计:楠竹文化	
印　　刷:三河市君旺印务有限公司	
开　　本:710 mm×1000 mm　1/16	印　　张:8.75
字　　数:100千字	
版　　次:2023年11月第1版	印　　次:2023年11月第1次印刷
定　　价:29.80元	

本书如存在文字不清、漏印以及缺页、倒页、脱页等,请与本社发行部联系调换

前言

  对联是一种依附于"家园"实体的文学形式，千百年来，它总是与民间习俗、百姓生活紧密联系在一起。而在乡村，这些习俗、生活所寄托的场景更为丰富完整——逢年过节时贴上门联，庆祝春归田垄，展开新一轮的耕作，迎接新一轮的收获；娶亲贺生祝寿时贴上门联，宣告家有嘉礼，家族添丁进口，兴旺发达，人逢喜事精神爽；办丧礼时贴上挽联，合村老少的礼数敬意，亲朋好友的依依惜别，尽得体现，实实在在……

  洗练、质朴、直率，是乡村对联最鲜明的特质，也是它得以接连地气、焕发生机、生命力持久不息的基础。它是浮现在乡村文明厚重沉积之上的一层文学的华藻，是可见可触的文化，是诵之有声、观之有形的精神，是落笔于纸、张挂于墙的乡里乡亲之情。

  乡村，是我们的来处，也终将是我们的精神归宿。即使身在城市，人们对广袤田园和青山绿水的乡愁始终凝重，始终萦怀。当前，大家都在为乡村振兴战略的实施贡献自己的力量，其中，文化的力量是不可或缺的。乡村的振兴，自然也包含着乡村文化的振兴。在此，我们精而又精地选出了一千多副适用于乡村各类场景的对联，力求既能够表达当代农民的志向心声，又能够对应当代乡村的文化需求，同时又贴合四时节律、兼容传统乡村之美，以飨读者。

编著者
2023年5月

目 录

前言

一 生产兴旺 1

种植养殖·多种经营 3
通用生产联 3
农耕生产联 4
林果生产联 5
畜牧生产联 6
渔业生产联 6
农商贸易联 7

促进生产·科技赋能 8

美丽山水·农家风味 9

乡间民宿·桃源梦圆 13

二 生活幸福 15

公历农历·年节时令 17
传统节日联 17
　春联 17
　元宵节联 26
　清明节联 28
　端午节联 29

| 中秋节联 | 30 |
| 重阳节联 | 32 |

其他常用节日联 … 34

元旦节联	34
植树节联	34
国际劳动妇女节联	35
国际劳动节联	35
五四青年节联	36
国际儿童节联	37
中国共产党建党纪念日联	38
八一建军节联	39
教师节联	40
国庆节联	42
中国农民丰收节联	43

红白家礼·人生大事 … 45

喜庆联 … 45

贺安居联	45
贺婚联	57
贺寿联	80
贺生育联	94
幼儿庆生联	97

挽联 … 98

| 通用挽联 | 98 |
| 挽亲属联 | 101 |

门户平安·宅院典雅 … 106

门联 … 106

大门联	106
重门（内宅门）联	108
后门联	108
房门联	109

室内联 ·· 110
　　厅室、堂屋（中堂）联 ·· 110
　　卧室联 ·· 113
　　厨房联 ·· 114
园林别墅联 ·· 114

三 乡风文明 ·· 117

传统美德·时代新风 ·· 119
千古传承 ··· 119
时代新风 ··· 121
　　富强 ··· 122
　　民主 ··· 123
　　文明 ··· 123
　　和谐 ··· 124
　　自由 ··· 125
　　平等 ··· 126
　　公正 ··· 126
　　法治 ··· 126
　　爱国 ··· 127
　　敬业 ··· 128
　　诚信 ··· 129
　　友善 ··· 129

书香故乡·文化长存 ·· 130

（一）生产兴旺

种植养殖·多种经营

❖ 通用生产联 ❖

草绿花红锦绣地
粮丰林茂小康村

山水田原路综合治理生财路广
农林牧副渔多种经营致富门宽

风调雨顺年成好
金水银河境遇高

山乡踩出兴农路
田野流行致富歌

花果飘香桑麻挺秀
牛羊肥壮稻菽丰盈

沃野千里生财有道
良田万顷劳动发家

牛壮猪肥六畜旺
林茂粮丰五业兴

喜看稻菽翻金浪
大展江山致富图

农林牧副渔业业兴旺
油盐柴米布样样有余

霞蔚云蒸新时代
春华秋实美乡村

一 生产兴旺

阳雀声中春风染绿江堤柳
责任田里热汗浇开稻菽花

致富门前多妙手
招财路上有能人

有农有副百业发展
努力生产万户建功

农耕生产联

布谷催耕早
春风化雨新

风吹稻麦舞金浪
日照棉麻闪银光

层层梯田铺下丰收景
条条渠水引来幸福泉

金光道上人策马
黄土田间牛犁春

插秧雨初遍
治草日不停

犁刀如剪裁就田园佳色
锄头似笔写出富裕新篇

处处插秧梅子雨
家家缲茧竹篱烟

绿染千畴挥锄夺宝
春临四海洒汗成金

春动生机龙吐雨
物宜时令鸟催耕

暖雨迷蒙携镐开山齐植树
春风飘拂扶犁耕野竞分秧

春雨多情灌醉千重麦浪
汽笛高声催开万朵心花

滋之粪土
勤以朝夕

铁臂飞扬乡村除旧貌
银锄起落天地换新装

一声布谷迎春到
两手茧花接福来

瞻蒲劝穑
望杏敦耕

银锄铁臂五谷旺
骏马新人百业兴

乌犍引犊村村出
布谷催人处处鸣

雨深一尺春耕利
日出三竿晓饷迟

燕剪新裁风下柳
秧针精绣雨中花

争上游金镰钩起一弯月
夺高产银锄震落满天星

一冬无雪天藏玉
三春有雨地生金

❀ 林果生产联 ❀

百鸟齐鸣迎旭日
千林披翠舞东风

十年树木千秋业
一望江山万里春

林海为家怀十分干劲
青山做伴树一代新风

有山皆竹木
无地不桑麻

千葩献瑞
百果呈祥

育苗绣出千秋锦
植树妆成万里春

植树造林青山不老
修河整坝绿水长流

🌸 畜牧生产联 🌸

槽头兴旺
厩内平安

马蹄溅朝露
牧歌染流云

草绿山青阳春有脚
羊肥马壮幸福无边

马壮牛肥土生白玉
人勤春早地产黄金

春日融融万树繁花竞放
红旗猎猎千骑骏马争先

牛马猪羊六畜旺
荷花菱藕一池鲜

骏马飞驰传千家喜讯
牧歌飘荡送万里春风

牛羊并壮猪盈圈
鸡鸭成群鱼满塘

六畜猪为首
四时春占先

同槽尽是名驹选
入厩无非上驷材

🌸 渔业生产联 🌸

白帆挂出东方日
银网收回南海潮

潮来海角千帆动
春到渔船万尾鲜

碧海金波涵旭日
春风银网耀朱鳞

春水焕彩
锦鳞生辉

风平浪静扬帆去
鱼跃人欢把棹归

行舟撒网欲破千重浪
挥臂捕鱼能收四海潮

海上渔歌随浪涌
岸边喜气逐春来

迎朝霞出海劈千里浪
载明月归航满万舱鱼

螺号催渔汛
顺风鼓白帆

渔船冲破千层浪
银网拖来万担鱼

千帆竞发远航去
万艘奔腾满舱归

渔歌随浪涌
海货与山齐

轻舟腾巨浪
渔汛送春风

鱼香飘万里
曙日照千帆

笙吹渔家乐
网织水乡春

农商贸易联

薄利多销利潮涌
义财方取财日兴

富国兴邦财源广
贸无易有天地宽

多种经营四路进宝
全面发展八方生财

合法生涯皆有益
公平交易自驰名

一 生产兴旺

和气生财加倍利　　　经营不让陶朱富
公平交易万贯金　　　贸易常存管鲍风

洪范五福先言富　　　贸易术原师管子
大学十章半理财　　　经营富不让陶朱

会管理善经营致富还靠政策　　水陆舟车四通八达
沐朝阳沾雨露丰收须报国家　　城乡客货纷至沓来

促进生产·科技赋能

放胆勤劳致富　　　无边信息频频至
带头科技兴农　　　不尽财源滚滚来

科技兴农鹏展翼　　　小村涌出文明户
人才落户锦添花　　　僻壤卷来信息潮

科技腾飞龙破壁　　　雄心共揽霜天月
特色发展锦添花　　　壮志齐攻农技关

能者当家家门富　　　经营攀上科学路
科学生产产量高　　　创业敲开致富门

信息打开幸福路 发家无巧勤劳为根本
科学搭起富强门 致富有道科技做靠山

改革城乡均富裕 政策宽经营活山山有路
科学农牧总发财 眼光远信息灵水水通舟

国家强因教育为首
农民富以科技领先

美丽山水·农家风味

百花开碧野 潮涌天边千帆竞
双燕入农家 花开岸上万象新

碧浪千层蛙声喜 春播秋收门第
清风十里稻花香 山欢水笑人家

碧柳翠杨春雨 春水船如天上坐
好山妙水人家 秋江人在镜中行

碧水温柔怀明月 此地有峻岭崇山茂林修竹
青山豪放笑春风 其间能留春消夏益寿延年

一 生产兴旺

地占万湾多是水
楼无一面不当山

借问行路人四面云山谁做主
坐观垂钓者八方湖海我忘机

芳草春回乡野绿
梅花时到田垄香

缆系碧芦云绕去
棹穿明月夜归来

风吹稻麦舞金浪
日照棉麻闪银光

老鞭破土抽新笋
时燕衔泥入旧家

芙蓉国里农家乐
杨柳林中稻谷香

林木成荫无山不绿
沟渠结网有水皆清

红梅香庭院
绿柳舞春风

柳烟笼岸碧
草色入帘青

户对青山花果树
门含绿水鱼藕塘

芦苇丛中依小艇
芰荷乡里是吾家

花展十色春园丽
田生五彩气象新

绿满林区山滴翠
春回茶岭路飘香

黄金岁月
锦绣田园

绿绕门前鲤戏碧水留余韵
青垂屋后果缀新枝播远香

几声柳笛飘牛背
无际草原跃马蹄

美化环境山拥翠
治理污染水见鱼

门连菊水人皆寿　　　　　青山四面合
宅近桃源境是仙　　　　　绿柳万家春

门畔山清水秀　　　　　　秋至满山多秀色
院中鸟语花香　　　　　　春来无处不花香

门前绿水声声笑　　　　　犬卧阶眠知地暖
屋后青山步步青　　　　　鸟临窗语报天晴

门外苍梧碧水　　　　　　日出金莺绕屋语
檐下翠竹春山　　　　　　风和玉树当门开

门迎绿水有荷有藕　　　　山环水抱风光好
窗含麦浪无际无边　　　　柳暗花明景色新

暮云芳垄十亩　　　　　　山幽花寂寂
春雨寒郊一犁　　　　　　水秀草青青

千里朝霞辉碧野　　　　　淑景融融风恬雨霁天容净
一江春水涨新潮　　　　　芳时湛湛野旷川明水波光

千顷农田千顷绿　　　　　疏柳摇曳农家院落添新绿
一犁春雨一犁歌　　　　　红杏热闹富裕门庭尽春风

青峰对我　　　　　　　　树绿花红谷黄棉白田园景色美
绿水环居　　　　　　　　鸡啼鸟啭鱼跃人欢农村新气象

一、生产兴旺

乡村好对联

水田如镜春风荡
山花似脸笑意盈

燕声莺声流水声谱就天然妙曲
桃色柳色青山色绘成大好春光

田野风光如画卷
农家生活赛神仙

一村烟雨杨柳绿
满山光色杏花红

田有嘉禾时望春风时望雨
宅无别物半藏农器半藏书

一屏三色油菜黄麦青韭绿
百鸟千声布谷唤鹊噪鸠鸣

田有桑麻绿
路无车马喧

一畦春韭绿
十里稻花香

万顷青禾盈瑞气
千园娇花笑春风

莺歌杨柳岸
犬吠杏花村

溪上日日有雨
田野时时放晴

有竹有梅门第
半村半郭人家

溪声常在耳
山色不离门

远水碧千里
朝霞红半楼

溪水堪垂钓
江田耐插秧

月明松下房栊静
日出云中鸡犬喧

秀水绕门蓝作带
青山当户翠为屏

云间山影千重满
门外树色万叠浓

乡间民宿·桃源梦圆

碧野青田喜收眼底
红楼绿树乐游乡间

看竹客来双屐雨
寻诗人坐一庭秋

出门觅诗句
入宿听泉声

客来花入槛
宾至燕啄帘

风清杨柳秀
月淡海棠荫

客中客入画中画
亭外亭看山外山

和气春风贤者至
静山流水美人来

丽日楼台春似海
清风杖履客如仙

花不知名难报客
竹因有节可迎宾

莫放春秋佳日过
最难风雨故人来

花影忽摇知友至
竹梢微动觉春来

鹊迎远客
梅报新春

三径绿时人醉月 溪声来枕上
百花红处客寻春 山翠落樽前

四时佳景 宜山宜水无双景
满座高朋 润屋润身第一家

竹风留客饮 竹深留客处
松月伴宾茶 荷净纳凉时

西岭烟霞生画栋
东山云树掩门庭

庭前风光绚丽览四时美景桂香兰翠
屋后莺语婉转听几声歌唱心旷神怡

二 生活幸福

公历农历·年节时令

❁ 传统节日联 ❁

春　联

通用春联

布谷催耕早　　　　　　春到山乡遍地喜
春风化雨新　　　　　　福临农户满庭春

春播千村笑　　　　　　春风别旧岁
福驻万户欢　　　　　　红日照新村

春到农家院　　　　　　春拂嫩柳山村暖
福临致富门　　　　　　雪点寒梅小院香

春到人间红雨随心翻作浪　　春归柳叶田园无限美
花开坡上荒山无处不成田　　寒尽桃花山河分外娇

乡村好对联

春和草木四时秀
国泰田园五谷丰

家添财富人添寿
春满田园福满门

春临农户
鱼跃龙门

精耕细作丰收岁
勤俭持家有余年

春意融融盈农户
财神款款到人家

腊尽春浓山村添喜气
牛肥马壮门户沐薰风

春雨润喉大地欢唱丰收曲
政策指路农民敲开致富门

绿柳摇风燕织锦
红桃沐雨牛耕春

大地回春万里东风绽桃李
春风送暖千村好景话桑麻

绿树红楼千村笑语千村富
蓝天碧野一路春风一路歌

登堂喜进延龄酒
绕膝欢分压岁钱

牛耕沃野层层绿
鹊闹红梅朵朵香

东风浩荡乡土生色
春雨滋润田野刷新

农户逢春春似锦
科学致富富盈门

好景有望山梅似雪
丰年先兆田稼如云

农家皆喜气米酒清香飘户外
山寨布春晖腊梅傲雪仰枝头

红杏枝头春意满
农家院里笑声稠

鹊闹红梅村村传喜报
童逐绿野处处闻欢歌

人勤春早　　　　　　天降甘霖滋百草
肥足粮丰　　　　　　党施惠政富千村

日暖风清雨润　　　　天开清淑景
农忙马跃人欢　　　　人乐庆和年

日月开新纪　　　　　田野欣临春风春雨春景
田园入画图　　　　　万家喜有新谷新财新屋

山村时雨润　　　　　万里河山花似锦
水乡月正明　　　　　千村老幼面皆春

山乡柳绿桃红春意闹　无忧岁月
农家稻花香里唱丰年　有福人家

岁推春作首　　　　　喜报英雄门第
民以食为天　　　　　春归光荣人家

泰运洽融春日永　　　喜洋洋山青水绿春常在
阳和发育物华新　　　笑盈盈人寿年丰福无边

天赐将一门吉庆　　　喜迎春景花千树
春送来两字平安　　　豪饮丰年酒一杯

天好地好人更好　　　旭日千门启
猪多粮多福愈多　　　春晖四望新

二　生活幸福

乡村好对联

迎春接福运
除旧布新风

政策暖千家人民喜庆小康日
春风绿万户农舍欢欣大有年

云间瑞气三千丈
堂上春风十二时

芝兰得气一庭秀
桃李成荫四海春

载瞻星气
如写阳春

祖国换春装天然画卷山和水
农家多乐事自在生涯读与耕

战士军前传捷报
英雄村里庆丰年

生肖春联

子鼠

苍松随岁古
子鼠与年新

一鼠迎春早
百花吐艳多

甲帐和风吹回新津
子亭春色照出芳晖

豕岁又是丰收高高兴兴送去
鼠年更为繁荣喜喜欢欢迎来

丑牛

辛夷花放
丑腊春回

灵鼠回宫传捷报
犍牛向田翻春潮

牛耕芳草地　　　　　子去丑来三阳开泰
鹊报吉祥年　　　　　鼠灵牛健万事亨通

寅虎

岁更牛得草　　　　　骑牛踏雪去
春到虎归山　　　　　跨虎携春来

牛劲健犹在　　　　　虎跃龙腾生紫气
虎威欣又生　　　　　风调雨顺兆丰年

卯兔

虎去雄风在　　　　　丁帘卷雨饶春意
兔来瑞气生　　　　　卯酒盟杯祝丰年

金虎归山去　　　　　东风放虎归山去
玉兔迎春来　　　　　明月探春引兔来

辰龙

龙兴华夏　　　　　　刚唱兔岁歌一曲
燕舞阳春　　　　　　又饮龙年酒三杯

长风振云翮　　　　　岁首喜看玉兔跃
震雷起渊龙　　　　　耳边遥闻金龙吟

二　生活幸福

巳蛇

小龙衔瑞草 　　　　　辰龙回宫传捷报
大地发春华 　　　　　巳蛇出洞喜迎春

龙腾丰稔岁 　　　　　龙含宝珠辞旧岁
蛇舞吉庆年 　　　　　蛇吐瑞气贺新春

午马

春归盛世 　　　　　　马驰春色里
马到成功 　　　　　　人在画图中

留下小龙瑞气 　　　　春来山水秀
迎来骏马精神 　　　　万马起云烟

未羊

马驰金世界 　　　　　金马腾飞抒壮志
羊唤玉乾坤 　　　　　玉羊奔跃庆新春

马奔万里昌国运 　　　送马年春花融白雪
羊登千山展宏图 　　　迎羊年喜鹊闹红梅

申猴

申年桃献端　　　金猴一吼彩云捧旭日
猴岁雪兆丰　　　晨鸡三唱朝霞染红梅

金猴开玉宇　　　雪消门外千山绿
紫燕舞新春　　　猴到人间万户春

酉鸡

宝鸡献瑞　　　晨明鸡唱晓
康爵延年　　　水暖鸭知春

鸡催千里晓　　　鸡鸣一日首
春启万家门　　　梅笑百花前

戌狗

犬守平安岁　　　戌岁祝福万年顺
梅开如意春　　　狗年兆丰五谷香

狗护一门家无恙　　　瑞雪铺成丰稔景
人勤四季财有余　　　犬蹄踏出报春花

二　生活幸福

亥猪

亥时春入户　　　　一年春作首
猪岁喜盈门　　　　六畜猪为先

猪大能如象　　　　猪肥家业旺
肥多可致金　　　　春早寿元长

春联横批

通用横批

安居乐业	辞旧迎新	和睦家庭
百业兴旺	大地春早	和气生财
柏翠梅香	大好春光	河清海晏
宝山霞蔚	大展宏图	红梅报春
步步登高	丹凤朝阳	华灯高照
财源广进	繁荣昌盛	华夏腾飞
春风得意	风调雨顺	欢度春节
春光万里	凤翥龙骧	欢天喜地
春华秋实	福积泰来	吉星高照
春回大地	恭贺新禧	锦上添花
春江水暖	恭喜发财	敬老爱幼
春节愉快	光前裕后	九州同春
春满神州	国富民强	举国欢庆
春色满园	国泰民安	凯歌高奏
春意盎然	合家欢乐	六畜兴旺

龙飞凤舞	山欢水笑	喜庆有余
龙腾虎跃	神州永春	喜鹊登枝
门庭生辉	淑气临门	向阳门第
门盈五福	四海同春	孝敬父母
年年如意	松柏长春	欣欣向荣
年年有余	岁岁平安	新春大吉
鹏程万里	桃李争春	新春快乐
普天同庆	万民同乐	新春万福
前程似锦	万木争荣	新春志禧
勤俭持家	万象更新	兴旺发达
人勤春早	万紫千红	幸福家庭
人寿年丰	五谷丰登	以农为乐
人心欢畅	物阜民康	鹰飞鱼跃
人心思富	物华天宝	知足常乐
日暖神州	喜临门第	中华长春
瑞气盈门	喜气盈门	紫气东来
瑞雪报春		

基层组织、学校、企业等常用横批

安定团结	风正气清	励精图治
百年大计	革旧鼎新	能文能武
保卫祖国	共建大业	气贯长虹
宾至如归	继往开来	气节凌霄
长治久安	教必有方	勤学苦练
赤胆忠心	解放思想	清正廉明

二　生活幸福

群策群力	推陈出新	拥政爱民
群贤毕至	为国争光	勇攀高峰
任重道远	文明经商	再创辉煌
生意兴隆	拥军爱民	众志成城
实事求是	拥军优属	尊师爱教

元宵节联

春夜灯花几处笙歌腾朗月
良宵美景万家箫管乐丰年

放出花灯天上银河失色
听来箫鼓人间茅屋生春

灯火交辉元夜里
笙歌相和月明中

风清月朗
灯彩星辉

灯火良宵鱼龙百戏
琉璃世界锦绣三春

凤盘双阙壶天外
鳌驾三山陆海中

灯楼灿明月
火树暖春风

光腾月殿流蟾魄
花灿星桥吐凤文

灯同月色连天照
花怯春寒傍火开

光天满月
火树银花

灯月交辉伫听笙歌吹四野
雨旸时若式观丰阜乐群黎

花好月常圆人民同乐
根深叶又茂天地长春

花市千门月
灯衢万里春

笙歌声沸长春地
星月光映不夜天

火树银花家家乐
淑气鸿禧处处春

盛世文明万丈青云英雄得路
元宵光彩一轮皓月山海同春

街头灯影逐花影
村中梅香伴酒香

时际上元玉笛长吹千古乐
月当长夜花灯遍照万家春

九华灯炬云中挂
五彩鳌山海上移

天上一轮满
人间万里明

九陌连灯彩
千门庆月华

兔魂连银海
鳌山接紫微

明月皎皎千门秀
华灯盏盏万户春

万户春灯报元夜
一天晴雪兆丰年

二 生活幸福

明月千门雪
银灯万树花

万家灯火同秋月
大地光明不夜天

千家春不夜
万里月连宵

万家元夕宴
一路太平歌

三五星桥连月阙
万千灯火彻天衢

万里春灯元夕宴
满街灯火太平歌

27

五夜通明
天开美景

一团拥宝炬
千点灿银星

五夜星桥连月殿
六街灯火步天台

银花开火树
铁锁启金桥

喜地欢天饮美酒
张灯结彩闹元宵

玉宇无尘千顷碧
银花有焰万家春

星桥铁锁
火树银花

玉烛长调千门乐
花灯遍照万户明

雪月梅柳开春景
花灯龙鼓闹元宵

远景近景良宵美景
礼花鲜花火树银花

一帘春色门垂柳
万斛珠光地涌莲

月明银海
灯缀彩山

一曲笙歌春似海
千门灯火夜如年

万户管弦歌盛世
满天焰火耀春光

清明节联

春风重拂地
佳节倍思亲

寒食雨传百五日
花信风来廿四春

春回大地九千万里寒食雨
日暖神州二十四番花信风

槐火光阴春替换
杏花消息雨传知

春风已解千层雪 山清水秀风光好
后辈难忘先烈恩 路遥林茂祭扫多

继往开来追壮志 欣逢路上纷桃雨
光前裕后慰英灵 喜见树前闹杏花

流水夕阳千古恨 姓在名在人未在
春风落日万人思 思亲想亲不见亲

年年祭扫先人墓 芳野踏青晨起早
处处犹存长者风 芳郊拾翠暮归迟

三月光阴槐火换 燕子来时春社
二分消息杏花知 梨花落后清明

端午节联

艾草飞香午门纳福 保艾思君子
龙舟竞渡万水欢歌 投粽吊贤人

艾可驱邪天中令节处处庆 端午池莲茶解语
粽能益智地腊祥光家家逢 夏晨岸柳鸟能言

艾叶如旗招百福 焚艾草饮雄黄清瘴驱邪远离疾病
菖蒲似剑斩千妖 飞龙舟裹香粽祭忠奠酒当效楷模

艾叶吐幽芳香溢四海 抚辰逢地腊
龙舟掀巨浪气吞八荒 建午届中天

海国中天魂招屈子
江城五月争看龙舟

绿艾悬门添藻彩
青蒲注酒益芬芳

画鼓朱旗锦标共竞
香罗细葛纱服新成

蒲酒雄黄毕消五毒
龙舟角黍高咏九歌

节启朱明榴花献瑞
盘陈角黍蒲酒怀贤

千古诤臣罹祸
尔今屈子开颜

结艾钗头轻战虎
夺标船首惯乘龙

日逢重五
节序天中

锦标夺紫遗风犹自说三闾
美酒雄黄正气独能消五毒

石榴映红日千门喜庆
鼓乐催龙舟万水欢歌

榴裙萱黛增颜色
艾酒蒲浆记岁华

堂前青草舒眉绿
石上榴花照眼红

龙舟竞渡凭吊屈子怀古恨
赤县雄飞喜谱今朝爱国篇

中秋节联

白衣随鹤舞
明月逐人归

半夜二更半
中秋八月中

薄帷鉴明月　　　　　　平分秋色一轮满
高情属云天　　　　　　长伴云衢万里明

冰壶含雪魄　　　　　　琼宇高寒捧出一轮月影
银汉漾金波　　　　　　冰壶朗澈平分五夜天香

尘中人自老　　　　　　三五良宵开玉宇
天际月常圆　　　　　　大千世界涌冰轮

但得此身长报国　　　　三五良霄秋澄银汉
每逢佳节倍思亲　　　　大千世界光满玉轮

二仪含皎洁　　　　　　笙歌曲中千家月
四海尽澄清　　　　　　红藕香里万颗珠

几处笙歌留朗月　　　　天上一轮满
万家箫管乐中秋　　　　人间万里白

轮影渐移花树下　　　　亭空千霜月
镜光如挂玉楼头　　　　水续万古流

甘露被宇　　　　　　　喜得天开清旷域
明月映天　　　　　　　宛觉人在广寒宫

霓裳舞起终宵朗　　　　叶脱疏桐秋正半
玉女歌扬沏夜辉　　　　花开丛桂树齐香

一天秋似水
满地月如霜

月满一轮辉宇宙
花香千里到门庭

银汉流光水天一色
金商应津风月双清

占得清秋一半好
算来明月十分圆

玉轮光满大千界
银汉秋澄三五宵

中天一轮满
秋野万里香

重阳节联

步步登高开视野
年年重九胜春光

忽闻桑叶落
正值菊花开

糕寄登高意
菊呈晚节情

花争秋后美
人敬老来红

鼓琴仙度曲
种杏客传书

话旧他乡曾作客
登高佳节倍思亲

观菊来瑞鹤
绕膝戏玄孙

敬老成时尚
举贤传德风

何处题糕酬锦句
有人送酒对黄花

靖节挂冠归隐去
孟生落帽快登临

临风乌帽落　　　　　　三三迎吉令
送酒白衣香　　　　　　九九乐重阳

孟参军龙山落帽　　　　山静日长仁者寿
陶居士三泾衔杯　　　　荷香风善圣人清

拈菊欣忆旧　　　　　　双庆临门家庆欣逢国庆
抚幼励承先　　　　　　三阳播彩小阳喜叠重阳

秋奉椿萱茂　　　　　　题高惊僻字
菊同兰桂馨　　　　　　飞屐发豪情

劝君一醉重阳酒　　　　习射谈经天高地爽
邀月同观敬老花　　　　佩萸插菊人寿花香

人勤心不老　　　　　　夏至酉逢三伏热
志远路方长　　　　　　重阳戊遇一冬晴

三泾归时秋菊在　　　　写字读书作赋歌咏新世
满城近日风雨多　　　　栽花种竹养鱼乐享晚年

三泾就荒菊绽蕊　　　　燕知社日辞巢去
一堂大喜雁来宾　　　　菊为重阳冒雨开

三三令节　　　　　　　有人来送酒
九九芳辰　　　　　　　容我去提糕

33

有兴无妨满城风雨
登高何处插鬓茱萸

其他常用节日联

元旦节联

国历欣逢元旦
城乡同庆吉祥

春天入喜财入户
岁月更新福满门

元旦人同乐
神州地共春

元同于一一一心创业
旦即是朝朝气蓬勃

植树节联

处处造林林似海
家家植树树成荫

屋前宅后栽树延年益寿
隙地荒山造林利国富民

敢教荒山成绿海
誓将沙漠变青川

植树造林滋沃土
青峰绿野看今朝

树木树人人才创事业
造林造福福泽荫子孙

国际劳动妇女节联

良辰三八节　　　　　　　　昔日巾帼多贡献
妇女半边天　　　　　　　　当今妇女再登攀

争当三八红旗手　　　　　　自尊自爱自重自强挑起时代重任
敢赛九州铁血男　　　　　　多才多艺多胆多识争做巾帼英雄

壮志结成丰收果　　　　　　祖国腾飞巾帼英雄创大业
红心顶起半边天　　　　　　神州巨变中华儿女展宏图

国际劳动节联

敢想敢为齐奋勇　　　　　　劳动葆本色
克勤克俭共争先　　　　　　廉洁育高风

挥毫共写英雄谱　　　　　　劳动创造世界
展卷特书大业章　　　　　　工农主宰沉浮

火炬映明红五月　　　　　　劳动光荣劳工神圣
东风吹遍好河山　　　　　　生产发展生活提高

建设争强者　　　　　　　　勤俭是美誉
当家作主人　　　　　　　　劳动最光荣

进取途中多志士　　　　　　同心续写共运史
拼搏场上尽英雄　　　　　　异口高唱国际歌

二 生活幸福

石榴开花花似火　　　　　　雄心勇争英模桂冠
劳动造福福无边　　　　　　壮志同描富强蓝图

五四青年节联

白手壮心驯大海　　　　　　莫使韶光付流水
青春浩气走千山　　　　　　宜将烈火燃青春

趁青春开神州大业　　　　　青春红似火
借华年展华夏雄风　　　　　志气壮如山

当青年闯将　　　　　　　　青春有限志无限
做时代英雄　　　　　　　　岁月无情人有情

奋勇当先莫负青春岁月　　　时代青年耀今烁古
坚贞立志只争松柏精神　　　新兴事业继往开来

干千秋伟业　　　　　　　　誓做青年突击手
做四有新人　　　　　　　　甘当革命螺丝钉

革命青年遁正道　　　　　　五四精神传世代
赤诚新秀写春秋　　　　　　万千美景绘家乡

立凌云志　　　　　　　　　学海无涯千舟竞渡
做栋梁材　　　　　　　　　书山有路万众争攀

国际儿童节联

抚育校园新花朵
培植祖国栋梁材

向阳花朵
茁壮新苗

看此时少年人人英姿飒爽
望未来伟业个个青春昂扬

旭日正初升到处呈现新气象
幼苗须爱护将来成为栋梁材

年少宏图远
人小志气高

续传接力棒
浇灌向阳花

三好学生明志远
一旗火炬映心红

学习勤奋争三好
德智优良树一流

少小不努力
老大徒伤悲

一园新蕾逢喜雨
千顷幼苗沐甘霖

习习春风催放祖国花朵
丝丝化雨陶冶童稚心灵

幼苗逢喜雨百花吐艳
新树度春风万木争荣

鲜花绽蕾朵朵美
春笋破土节节高

早立凌云志
誓当接力人

中国共产党建党纪念日联

爱党心诚葵向日　　　　　朗日千秋照
孚民德重凤朝阳　　　　　江山万代红

党恩浩荡　　　　　　　　马列光华昭大地
春意盎然　　　　　　　　人民伟业启新猷

党风正神州大厦千秋固　　前程党指引凯歌高奏
法令严祖国繁花四季香　　政策民拥戴捷报频传

国策鼎新人心皆向　　　　声声颂誉催人奋
党风纯正众望所归　　　　朵朵红花向党红

国运昌隆民做主　　　　　岁月逢春花遍地
人心欢畅党擎旗　　　　　人民有党志登天

红旗擎天地　　　　　　　业绩辉煌开天辟地
妙手写乾坤　　　　　　　人民幸福饮水思源

花木向阳春不老　　　　　与党同心奠万代宏基
人民跟党志难移　　　　　为民无畏播九州春色

花随夏阳艳　　　　　　　中华崛起迎盛世
福依党恩生　　　　　　　巨龙腾飞颂党恩

八一建军节联

安邦报国荣耀一身雄气锐
演武习文人才两用志向高

军属门上光荣匾
战士胸前英雄花

八一军旗映四海
万千肝胆壮山河

劳武结合常备不懈
军民团结鱼水相连

钢铁长城固
英雄军队坚

炮火慑敌胆
钢枪振国威

加强国防建设
保卫世界和平

热血卫疆土
铁臂筑长城

党为民众骨
军是国家魂

人民军队无敌手
和平事业有靠山

光荣传统光荣史
钢铁长城钢铁兵

人民战士千古秀
革命英雄百世芳

宏谋抒啸虎
士气奋扬鹰

天地有情留正气
江山无羔慰忠魂

军号入云添斗志
战旗映日动豪情

铁马金戈千里征尘安社稷
寒冬酷暑一腔热血铸长城

心贴人民军威壮　　　　　战士军中传捷报
胸怀祖国胆气豪　　　　　英雄故里庆和平

一片丹心九州奏凯　　　　枕戈待旦
三军浩气四海扬威　　　　卫国保家

英雄军队　　　　　　　　祝捷扬歌一报平安双报喜
祖国长城　　　　　　　　铭功寄语千行青史万行书

有险必夷铁甲开路　　　　壮士枪言志
无攻不克正义在胸　　　　沙场戈枕头

跃马横刀观风云变幻　　　祖国精英卫祖国保祖国昌盛
枕戈披甲防虎豹凶狂　　　人民军队爱人民祝人民安康

教师节联

白发喜见迎春柳　　　　　栋梁撑大厦
丹心笑种向阳花　　　　　桃李遍中华

碧血催桃李　　　　　　　甘霖滋沃土
丹心树栋梁　　　　　　　笃志育新苗

伯乐常在何愁没有千里马　豪情不减一腔热血浇桃李
青山不老还怕不出栋梁材　鬓霜日增满腹文章写春秋

护花结果　　　　　　　　　无声润物三春雨
催笋成竹　　　　　　　　　有志育才一代师

讲台展开千秋画卷　　　　　杏梅傲冬圃匠何畏风雪日
杏坛绽放万树蓓蕾　　　　　桃李争春园丁欣迎艳阳天

教之以才导之以德足为师矣　须尊师重教
学而不厌诲而不倦可作表焉　济举栋兴邦

乐传薪火　　　　　　　　　学海无涯飞舟最喜迎激浪
甘做人梯　　　　　　　　　书山有路骏马更须策快鞭

乐教梓楠同受范　　　　　　一身许国传学问
喜培桃李广成材　　　　　　两袖清风做楷模

且喜满天桃李艳　　　　　　愿做人梯育新秀
不悲两鬓雪霜寒　　　　　　甘为孺子当黄牛

师长无少皆称老　　　　　　展宏图基础是教育
学有高低总是生　　　　　　起新步关键在人才

桃李及时秀　　　　　　　　重教尊师人文蔚起
橘柚应世新　　　　　　　　育才启智国运昌隆

为国而教　　　　　　　　　烛光昭昭常燃夜
做人之师　　　　　　　　　师情眷眷总护娃

尊师重教 　　　　　尊师重教兴风尚
富国兴邦 　　　　　育德培才出壮苗

国庆节联

百族歌同庆 　　　　纪念英豪启国运
九州喜共荣 　　　　欣喜人民享太平

才逢国庆旗争艳 　　江山永固
又是金秋月正圆 　　日月长恒

大业方兴歌盛世 　　民生有幸年年好
神州是日庆金秋 　　国运无疆日日长

枫红峻岭祖国美 　　庆江山如此多娇处处有诗有画
光照大河景物新 　　喜生活这般美好人人载舞载歌

高秋好赋腾飞曲 　　人民歌盛世
盛世当歌奋进诗 　　祖国庆久安

国富山河壮 　　　　山河十月秀
民强天地新 　　　　祖国万年春

国趋昌盛人趋富 　　山河壮丽
花爱阳春果爱秋 　　岁月峥嵘

旭日溶溶看碧水霞飞秋江鱼跃地富民殷歌盛世
红旗猎猎喜群英胆壮志士情浓龙腾虎跃续长征

天时地利人和神州奋进　　　五星昭岁月
虎跃龙骧鹏举祖国飞腾　　　九州立寰球

同心兴大业　　　　　　　　祖国山明水秀
携手振中华　　　　　　　　中华人杰地灵

万民有庆
百族共和

中国农民丰收节联

比贡献夺丰收共驰千里马　　春种千山绿玉
赛雄心创高产更上一层楼　　秋收万顷黄金

窗含春耕画图铁臂银锄翩翩舞　春耕不误
门迎丰收喜讯金珠玉粒滚滚来　秋成可期

大地换新颜粮遍田陌歌遍野　东南西北中齐促祖国快发展
山坡披彩装果满枝头笑满林　农林牧副渔共庆行业大丰收

秋有厚冀　　　　　　　　　发展多种经营财源茂盛
春无遗勤　　　　　　　　　大搞科学种田五谷丰登

二　生活幸福

丰收捷报全家笑
富裕消息满眼春

五谷丰登劳动致富
六畜兴旺勤俭生财

靠政策致富家家金流玉淌
凭科学发家户户囤满仓实

屋环花果树
门对米粮川

柳绿桃红看大好河山皆成锦绣
春华秋实望无边田野尽是金银

衣丰食足农为首
业乐居安国是家

双手茧花结出丰收果
一身汗水浇开幸福花

猪肥羊壮家家六畜兴旺
穗大粒多户户五谷满仓

四海无闲田田铺硕果
九州皆笑语语话丰收

红白家礼·人生大事

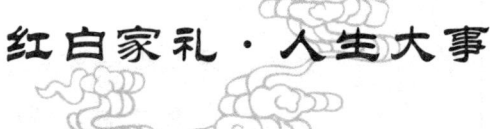

喜庆联

贺安居联

贺建房联

安基砌壁千秋永固
立柱架梁万代长宁

定磉欣逢大好日
上梁正遇幸福时

创业全凭劳动手
奠基尽是栋梁材

栋捧云霞绕紫气
家传浩气足春风

大起宏图龙盘虎踞
彩描新业柱正基坚

栋起凌云连北斗
堂开爱日对南山

地势开华阔
天时焕紫微

栋起祥云连北斗
堂开瑞气焕春光

二 生活幸福

房建福地丽日暖
生逢盛世举家欢

固立擎天柱
高抬创业梁

夯基符地利
架栋合天时

花发奠基日
鸟歌上梁时

华构落成百岁计
安居小筑四时春

华堂建就六亲力
玉宇落成百匠功

基石奠新业
栋梁擎壮心

基实奠定千秋业
柱正撑起万载梁

吉日逢祥大梁宜举
良辰添庆砥柱高擎

吉日上梁凝百瑞
良辰立柱集千祥

家业振兴凭巨手
栋梁凌瑞靠齐心

坚贞观柱石
巩固庆沧桑

坚柱欣逢大治世
上梁正遇富强年

今朝玉柱根基固
明日新房喜献祥

金梁灿灿光耀日
玉柱巍巍力擎天

旧时燕垒初更换
今日鸿基已奠成

旧宅常生如意草
新基又放吉祥花

坤端奠定兴家业
基实撑起继世梁

绿野堂前满贮山川秀色　　人和大梁正
红梁架上尽挑祖国重任　　世盛家业兴

落栋欣逢好时代　　上梁凌霄云浩荡
上梁还靠众乡亲　　家业兴旺日喷薄

鸣花炮声声道喜　　上梁门聚瑞
起大梁步步登高　　铺瓦户呈祥

平安福地紫微拂栋　　声声道喜鸣花炮
喜庆人家瑞气绕梁　　步步登高起大梁

起屋开基百年大计　　世盛大梁正
兴家立业五世其昌　　人和家业兴

砌铜墙粉铁壁华居添彩　　树千年砥柱
竖玉柱上金梁庭宇生辉　　架万代金梁

千秋家业凭双手　　竖擎天柱
百代栋梁举铁肩　　架创业梁

巧构宏开立广厦　　水贺奠基绕玉带
励精图治建家园　　山因落成列翠屏

青龙缠玉柱　　堂构宏开绵世德
白虎架金梁　　规模丕振户人文

天舞祥云地生瑞气
党施惠政民奠宏基

旭日悬华顶
紫微绕栋梁

天眼观佳地
宏基启凤台

一门立栋逢佳日
众手托梁盖大楼

为梁耿直千秋业
做柱忠诚万代基

玉柱劲撑蓬勃丰采
金梁高架雄伟新姿

喜竹苞永茂
庆磐石长安

玉柱擎红日
金舆入紫微

祥云浮栋
春色镀梁

运筹百年计
杰构千层楼

祥云捧日日长利
瑞气盈门门永昌

择地适逢吉庆日
奠基正值大兴年

新厦落成增秀气
华门安居进财源

肇启文明运
宏开富贵基

新屋落成千般喜
全家和睦万事兴

忠实做基柱
耿直为栋梁

新屋落成千载盛
阳光普照一家春

筑就文明院
建成和睦房

贺乔迁联

百年大计　　　　　　　　大地钟灵文明运启
五世其昌　　　　　　　　华堂集瑞富贵基开

潺潺绿水绕福地　　　　　大厦落成应燕贺
融融红日照新居　　　　　华堂瑞霭定蛟腾

承家事业辉堂构　　　　　大哉居乎移气移体
继世文章裕栋梁　　　　　慎其独也润屋润身

出谷莺声旧　　　　　　　玳梁欣贺燕
来仪凤羽新　　　　　　　乔木喜迁莺

创基业门庭腾瑞气　　　　地灵人杰千祥集
展宏图宅第吐祥云　　　　裕后光前百福临

创造得天时福寿财源祈并茂　　地无寒舍春常在
安居逢地利儿孙富贵冀齐荣　　居有芳邻德不孤

春华秋实盈庭灿　　　　　东风开画栋
桂馥兰馨易地荣　　　　　旭日映华堂

翠梧久待朝阳凤　　　　　栋宇连云子孙愿
碧树初鸣山谷莺　　　　　华堂耀日父母心

房建花间风更爽
身居新院心也甜

合家共庆乔迁喜
亲友同享致富欢

飞云落翠岭
鸣凤栖青梧

合天时祥云连画栋
得地利峻岭对新庭

风和新居暖
日丽甲第安

何必画栋雕梁但求仁里
曷是茅庐草舍幸与德邻

凤巢雏皆好
龙门客又新

何须大厦高楼方称舒适
有此青山绿水便好安居

福第多安乐
鸿基长发祥

红日高照临新第
福寿咸臻满画堂

福星高照勤劳院
喜气长留俭朴家

宏图大展兴隆第
泰运长临富裕家

阁上金龙腾紫气
堂前彩凤映丹霞

花随新屋发
鸟伴雅室鸣

国家兴旺
栋宇辉煌

华构落成可称乐土
比邻互助更喜安居

好景年年好
新居处处新

华构贻谋远
乔迁裕后昆

华堂翠屋春风至　　　　　佳地春风暖
甲第崇门瑞色开　　　　　新居燕语喧

华堂焕彩　　　　　　　　甲第宏开有堂有构
栋宇维新　　　　　　　　士林作颂多福多男

华堂入云江山添一景　　　甲第新开美景
大厦落成农家乐三春　　　子孙大展宏图

画栋连云燕子重来应有异　江山聚秀归新宇
笙歌遍地春光长驻不须归　日月交辉映画堂

画栋倚云添异彩　　　　　杰地仍幽水如碧玉山如黛
明灯映月倍光辉　　　　　新居不俗凤有高梧鹤有松

惠政送来如意第　　　　　金屋玉堂固称杰构
良工造就幸福楼　　　　　德门仁里自是安居

吉日迁居万般惬意　　　　居卜凤和仁是里
良辰安第百事遂心　　　　堂开景聚德为邻

吉星高照　　　　　　　　劳动致富
幸福常来　　　　　　　　和睦生财

吉星高照新居户　　　　　丽日抒怀造就华堂生意旺
喜气常盈大富家　　　　　春风得意落成新宅人丁安

二　生活幸福

51

陋室落成欣逢旭日初升屋梁燕集歌人杰
茅庐构造喜遇紫阳正照乔木莺迁感物华

麦庆丰收花开红杏
宅起基业果奉蟠桃

乔迁美厅步步起
喜居层楼阶阶升

茂林莺语闹
新屋燕声喧

清旷四围绿迷芳草
崇高数仞红映夕阳

美奂美轮大启尔宇
肯堂肯构聿观厥成

琼楼勤里出
玉宇俭中生

门对青山龙虎地
户缘绿水凤凰池

群材成大厦
彩凤宿高桐

门来燕贺
院起宏图

日暖高楼添百利
风爽新居纳千祥

门迎春夏秋冬景
户纳东西南北情

日照新居添锦绣
花栽前圃吐芬芳

南望飞云雕梁画栋
西来爽气玉宇琼楼

瑞彩盈庭山聚秀
祥光当户斗联辉

迁宅吉祥日
安居大有年

瑞气凝福地
嘉树拂新居

瑞映画堂多喜色　　　潭第鼎新容驷马
吉临新宅焕春光　　　华堂钟秀毓人龙

山川入画　　　　　　堂构鼎新添喜色
凤凰来仪　　　　　　箕裘晋步焕文光

堂华结构巧　　　　　山河气象果新奇到处莺歌燕舞
室雅布局新　　　　　栋宇规模真壮丽满眼虎踞龙盘

山水朝宗依旧日　　　堂开瑞日金莺啭
门堂集瑞霭新居　　　帘卷春风玉燕来

山增翠色锦楼宇　　　万里风云骐骥路
日洒金辉镀栋梁　　　百年珠树凤凰枝

生气盎然勤劳致富　　惟德成邻莺迁燕喜
竹林繁茂珠宇增辉　　以文会友霞蔚云蒸

室有迁莺瑞　　　　　文星高北斗
门多吐凤才　　　　　甲第仰西京

水抱山环老村享园林乐趣　　稳固新宅第
春华秋实新居胜都市风光　　勤俭好人家

水如碧玉山如黛　　　屋宇维新添异彩
凤有高梧鹤有松　　　门庭革旧蔚奇观

二　生活幸福

乡村好对联

物华天宝
人杰地灵

祥云环绕新门第
红日照耀喜人家

昔日茅棚随逝水
今朝大厦伴高山

祥云绕吉宅家承旺世添福祉
瑞霭盈芳庭人值丰年增寿康

溪山呈瑞彩
庭砌焕祥光

小楼上下皆春意
新第周围多睦邻

喜到故乡增光送瑞
福临新宅积玉堆金

小院四方几度春风几度雨
新房一座半藏农具半藏书

喜红光四照
看气象一新

欣逢盛世迁乔第
喜值丰年进雅年

喜临华堂瑞气缭绕百事顺
乐居新宅祥光普照万代昌

新地新居新气象
好山好水好风光

喜凝燕贺
庆肇宏图

新居焕彩盈门秀色
华构落成满座春风

祥光临福地
喜气满新居

祥麟臻囿
鸣凤栖梧

新居面对青山屏障天然定卜人财两好
斗室门朝绿水膏腴地质预占富贵双全

新居迎万福　　　　　一片彩霞迎旭日
仁宅集千祥　　　　　满屋春讯庆新居

新厦落成增秀色　　　依山傍水云中胜境
华门安居进财源　　　坐北朝南画里新居

新屋朝红日　　　　　移门欲就山当榻
德邻引惠风　　　　　迁居常将水为琴

新砖新瓦新屋人人喜　移取春风门栽桃李
大房大事大家个个忙　蔚成大器材备栋梁

幸福同欢仁有里　　　氤氲祥云笼吉地
安居共贺德为邻　　　葱茏嘉树拂新轩

秀宇层明光日月　　　莺过重门留好语
朱堂高辟大人家　　　花开胜地吐奇香

雁鸣秋色　　　　　　莺迁金谷晓
凤栖高梧　　　　　　花报玉堂春

燕报重门喜　　　　　莺迁乃故里
莺歌大地春　　　　　燕贺即新居

一朝成此千秋业　　　莺迁乔木
百代居之万事安　　　燕入高楼

二 生活幸福

莺迁乔木松流韵　　　择居仁里和为贵
月洗高秋桂吐香　　　善与人同德有邻

鱼跃龙门三级浪　　　紫阁祥云物华天宝
莺迁花径一枝春　　　朱轩瑞气人杰地灵

玉树琪花香作锦　　　紫燕栖仁里
水光山色翠连云　　　文莺觅德邻

玉堂曾受凤毛赐
霞宇新贻燕翼谋

贺建房、乔迁横批

碧宇光辉	乔迁志禧
春光满室	日新月异
德必有邻	如意吉祥
栋宇辉煌	诗礼传家
风和新居	天宝呈祥
富贵常临	新居大吉
户纳千祥	新居焕彩
华堂生辉	燕贺新居
华屋载恩	莺迁仁里
家居福地	宅院福地
乐驻新居	紫气东来

贺婚联

爱貌爱才尤爱志
知人知面更知心

爱由情钟从来良缘须自愿
境乃心造如此佳偶胜天成

爱情纯洁花永好
情意真挚月常圆

爱有缘由情有种
学无止境业无穷

爱情纯真月圆花好
目标远大地久天长

爱长长得长长爱
情深深知深深情

爱情红花开四季
姻缘美果甜百年

白璧种蓝田百年合好
红线牵绣帏今世良缘

爱情花并蒂花开开不败
夫妇心常偕心乐乐无穷

白首齐眉鸳鸯比翼
青阳启瑞桃李同心

爱情花常开不谢
幸福泉源远流长

白头偕老传佳话
红烛齐辉照丽人

爱情姓什么姓真姓美姓善
结婚成何事成人成名成家

白雪无尘如纯贞情爱
红梅有香似美好心灵

爱情因事业增美
青春靠知识闪光

百花吐艳爱情花最美
万木生春连理木常青

二 生活幸福

百辆盈门喜迎凤辇
三星在户雅奏鸾声

百岁夫妻常合好
千秋伴侣永和谐

百年恩爱双心结
千里姻缘一线牵

百岁同心百事乐
两情融洽两心知

百年歌和合
五世卜其昌

宝马迎来云外客
香车送出月中仙

百年好合
五世其昌

杯交玉液飞鹦鹉
乐奏瑶笙引凤凰

百年好合
一代风流

※齐之姜※宋之子
愿花长好愿月长圆

百年佳偶
两姓良缘

碧岸雨收莺语柳
蓝田日暖玉生烟

百年琴瑟好
千载凤凰翔

碧海云生龙对舞
丹山日出凤双飞

百年颂美眷
五好勖新人

碧纱待月春调瑟
红袖添香夜读书

百年偕白首
两人结同心

碧沼红莲开并蒂
芸窗学友结同心

鞭炮声声玉笛琴弦迎淑女　　　不愿似鸳鸯卿卿我我嬉戏浅水
欢歌阵阵金箫鼓乐贺新郎　　　有志学海燕风风雨雨比翼高飞

并蒂花双比美　　　　　　才高鹦鹉赋
连理枝两称奇　　　　　　春入凤凰楼

并蒂花最美　　　　　　　彩笔题鹦鹉
同心情更真　　　　　　　焦桐引凤凰

并蒂开放向阳蕾　　　　　彩集凤毛庆衍麟趾
同心绽出幸福花　　　　　瑞凝芝草祥发桐枝

并蒂莲开莲蒂并　　　　　沧海月明珠献彩
双飞燕侣燕飞双　　　　　蓝田日暖玉生香

并蒂迎春桃娇柳翠　　　　朝阳彩凤喜双飞建千秋壮业
双飞比翼花好月圆　　　　向晓红莲开并蒂树一代新风

并肩前进青春久　　　　　成家当思创业苦
携手相帮恩爱长　　　　　举步莫忘蜜月甜

并肩前进自是云天比翼　　赤诚招来飞鸿落
结伴长征定当风雨同舟　　深情激得玉石开

并肩同走幸福路　　　　　创业成知己
携手共绘锦绣春　　　　　新婚结同心

二　生活幸福

乡村好对联

吹吹打打盈门喜
热热闹闹满屋春

春风人共醉
笑语燕双飞

词赋传鹦鹉
笙歌引凤凰

此去有家切记克勤克俭
再来无议才算乃贤乃良

此日同栽合欢树
来年共赏并蒂花

追其古兮毂我士女
式相好矣宜尔室家

丹山凤凰双飞翼
东阁梅开并蒂花

但愿和合百千万岁
为歌窈窕一二三章

当户花并蒂
迎门树交柯

得意唱随山水外
钟情招入图画中

灯旁互吐知心语
足下同登创业峰

缔良缘两心赤诚喜大庆
结知音百年美满乐长春

调羹称素手
举案效齐眉

蝶恋花蜜花恋蝶
鱼爱水波水爱鱼

洞房春暖
夫妻情浓

洞中三醉桃花酒
房内重温红叶诗

对对莲开映碧水
双双蝶舞乘东风

恩爱夫妻情似青山不老
幸福伴侣意如碧水长流

二姓联婚成大礼　　　　凤吉谐占熊祥入梦
百年偕老乐长春　　　　芝泥发彩兰蕊浮香

风暖丹椒青鸟对舞　　　凤麟起舞
日融翠柏宝镜初开　　　奎壁联辉

风送鸾箫声入市　　　　凤落梧桐梧落凤
云连凤辇喜临门　　　　珠联璧合璧联珠

凤管久谐萧史配　　　　凤求凰百年好合
梅花已点寿阳妆　　　　男嫁女一代新风
　　　　　　　　　　　（可作入赘联）

凤管谐声欣得偶　　　　
雀屏中目不须媒　　　　凤舞鸾翔熊咏虎啸
　　　　　　　　　　　竹苞松茂桂馥兰芬

凤凰鸣瑞世　　　　　　夫妻恩爱
琴瑟谱新声　　　　　　鸾凤和鸣

凤凰鸣矣　　　　　　　
琴瑟友之　　　　　　　夫妻恩爱青春美
　　　　　　　　　　　家庭文明日月长

凤凰鸣矣梧桐生矣　　　夫妻情长苍松翠柏润春色
钟鼓乐之琴瑟友之　　　证途路远玉树琼姿绽新蕾

凤凰枝上花似锦　　　　夫妻矢志竹成铁
松菊堂前人比肩　　　　婆媳同心土变金

二 生活幸福

芙蓉出水花正好
孔雀开屏月初圆

好伴侣相爱相让相勉相谅
新青年互敬互学互信互帮

芙蓉镜映花含笑
玳瑁筵开酒合欢

好鸟双栖嘉鱼比目
仙葩并蒂瑞木交枝

共举红旗兴骏业
相期白首缔鸳盟

皓月描来双燕影
寒霜映出并头梅

鼓瑟迎嘉客
吹笙引凤凰

何必门当户对
但求志同道合

光荣树结同心果
劳动花开并蒂莲

和睦家庭风光好
恩爱夫妻幸福长

光射屏中雀
名标阁上麟

红花并蒂相映美
矫燕双飞试比高

海枯石烂同心永结
地阔天高比翼齐飞

红锦裁云紫箫吹月
白圭无玷东箭有筠

海阔天空双飞翼
月圆花好两知心

红梅吐芳喜成连理
绿柳含笑永结同心

海誓山盟期百岁
情投意合乐千龄

红透专深两情鱼水
情投意合百岁姻缘

红杏枝头春意满　　　　　花好月圆羡比翼
彩云声里玉箫清　　　　　天长地久卜齐眉

红叶题诗传厚意　　　　　花好月圆姻缘美满
赤绳系足结良缘　　　　　天长地久幸福延绵

红叶题诗诗传红叶成伴侣　　花好月圆昭美景
蓝田种玉玉出蓝田结凤凰　　天长地久祝新人

鸿案相庄百年偕老　　　　花间金作屋
凤台叶吉五世其昌　　　　灯下玉为人

互敬互爱互勉德业　　　　花团锦簇
倾慕倾心倾诉衷肠　　　　云灿星辉

互敬互爱互相学习　　　　花月新妆宜学柳
同德同心同建家庭　　　　芸窗挚友早培兰

互尊互助　　　　　　　　花烛交心勉志
相爱相亲　　　　　　　　百年携手图强

花从静处香能久　　　　　画屏射雀成双璧
爱到纯时品自高　　　　　桂树鸣鸾庆百年

花好月圆关雎歌古调　　　欢庆此日成佳偶
风和日丽红豆发新枝　　　且喜今朝结良缘

二　生活幸福

欢腾彩凤
瑞应祥麟

几处娇莺惊鼓乐
满村童稚看新娘

婚礼从俭三杯清茶谢高谊
喜事新办一席暖语酬嘉宾

几度新诗题红叶
十分恩爱到白头

婚谐凤卜
礼绍牵羊

佳女善男男婚女嫁
欢天喜地地久天长

婚姻自主恩爱重
家庭和睦幸福多

佳偶百年好
知音千里逢

吉人吉时传吉语
新人新岁结新婚

佳偶同心偕白首
好花并蒂笑春风

吉日良辰成百年好事
诗情词调吟一曲鸾歌

佳偶自天成成男成女成夫妇
良缘随心有有家有室有儿孙

吉日良辰欣逢佳期迎佳婿
男到女家喜事新办树新风
（可作入赘联）

佳期值佳节喜看阶前佳儿佳妇成佳配
春庭开春筵敬教座上春日春人醉春风

佳诗传谢女
博议著东莱

家庭和睦歌声溢
琴瑟相谐乐事多

嘉会际文明翠帐初证双璧影　　结彩张灯良夜美
良辰占吉庆盛仪喜见七香车　　鸣鸾和凤伴春来

嫁女喜逢吉祥日　　结成男女平等果
送亲正遇节庆时　　开出恋爱自由花

俭朴联婚欢谐鱼水　　结发一心百年夫妻良配偶
勤劳致富喜溢门庭　　丝系双足千秋鸾凤永和鸣

俭朴联婚幸福花开千朵艳　　结良缘承前启后
勤劳致富光荣榜列万家欢　　创伟业继往开来

健笔凌鹦鹉　　结两姓姻缘山盟海誓
瑶笙引凤凰　　祝百年伉俪地久天长

健笔泰山试　　今日成家眉梢添喜
雄文绣阁裁　　来年致富生活更甜

交杯勿堕青云志　　今日画眉春在手
蜜月应扬立业心　　他年攀桂月当头

交颈鸳鸯并蒂花下立　　今日结成并蒂藕
协翅紫燕连理枝头飞　　明朝共戴英雄花

教以和谐度日　　今夕交杯享甜蜜
期之勤俭持家　　来朝跃马赛风流

金杯斟喜酒　　　　　举行平等礼
彩笔写婚书　　　　　缔结自由婚

金风暖清夜　　　　　开镜香生门迎皓月
皓月照洞房　　　　　启窗花暖座有清风

金鸡昂首祝婚礼　　　兰绾同心结
喜鹊登梅报佳音　　　莲开并蒂花

金屋春浓花馥郁　　　兰引香风归绣帏
琼楼夜永月团圆　　　燕寻佳梦到金闺

锦瑟调鸿案　　　　　蓝天高正好鸳鸯比翼
香词谱凤台　　　　　华灯亮欣看龙凤呈祥

锦堂双璧合　　　　　蓝田曾种玉
玉树万枝荣　　　　　红叶自题诗

锦帐春浓祥占熊梦　　劳动缔姻缘此日更添情爱
华堂日永庆衍螽斯　　春风扬喜气相期莫负青春

举案齐眉示互敬　　　连理枝结同心果
既婚仍友自相亲　　　比翼鸟奔致富程

举酒贺新婚情与河山共久　连理枝头腾凤羽
纵情歌盛世心随天地长春　合欢筵上对芹杯

莲子杯中金谷酒　　　　两门多喜两家多福
桃花盏上玉台诗　　　　一对新人一代新风

良辰辉绣辇　　　　　　两情两愿姻缘美满
吉日过嘉门　　　　　　相亲相爱幸福安康

良辰美景　　　　　　　两情鱼水春作伴
盛世新婚　　　　　　　百年恩爱花常开

良辰占吉庆　　　　　　柳暗花明春正半
嘉礼演文明　　　　　　珠联璧合影成双

良日良辰良偶　　　　　柳色映眉妆镜晓
佳男佳女佳缘　　　　　桃花照面洞房春

良缘喜结鸳鸯谱　　　　柳荫双栖莫忘晓
春色永驻劳动家　　　　荷塘并蒂当知时

良缘自缔同甘共苦　　　缕结同心日丽屏开孔雀
喜事新办易俗移风　　　莲开并蒂影瑶池上鸳鸯

两个恋人结伴行　　　　绿叶衬红花花繁叶茂
一对情侣比翼飞　　　　情歌谱新曲曲美歌甜

两个勤劳能手　　　　　鸾凤和鸣昌百世
一对恩爱夫妻　　　　　鸳鸯好合庆三春

二　生活幸福

鸾凤双栖桃花岸
莺燕对舞艳阳天

门外绕清泉池生春草兰芽发
窗前谈志趣帘辉俏影笑声甜

鸾妆并倚人如玉
燕婉同歌韵似琴

名驹逸足腾千里
彩凤漱音叶二南

眉间黛色临张稿
窗下交心著吕书

名流喜得名门婿
才女欣逢才子家

梅吐流苏帐
酒斟合卺杯

男好女好百年好
天和地和万载和

梅帐甘同梦
兰房送异香

男婚女嫁
夫德妻贤

美禽双栖嘉鱼比目
仙葩并蒂瑞木交枝

男男女女恩恩爱爱
对对双双喜喜欢欢

门对青山含远翠
窗含嫩柳画新眉

男女平等家庭乐
婚姻自主好处多

门书喜字乾坤大
户进新人岁月甜

男尊女女尊男男女平等
夫敬妻妻敬夫夫妻相亲

门庭多喜气
花月正春风

你敬我爱你我好比鸳鸯鸟
意合情投意情恰似连理枝

鸟恋林鱼恋水情哥恋情妹　　千里姻缘一夕会
云配月叶配花佳女配佳男　　半生结缡百年亲

女慧男才原有对　　乾为天天生二娃联婚天作合
你恩我爱总相联　　坤属地地载一村结好地生成

暖日融融红玫朵朵　　巧借花容添月色
花香阵阵彩蝶双双　　欣逢秋夜作春宵

暖生九华帐　　且看淑女成佳妇
喜溢七香车　　从此奇男是丈夫

配佳偶知寒知暖　　秦晋缘中星伴月
结良缘同德同心　　鸳鸯阁里璧联珠

品正人灵自引凤　　琴和瑟亦静
曲新境美好来凰　　花好月为圆

屏中金孔雀　　琴瑟春常润
枕上玉鸳鸯　　人天月共圆

齐家典则存三礼　　琴瑟和鸣长相守
经国文章在二南　　心心相映共白头

岂止室家盟白首　　琴瑟和谐家庭乐
更为时代奋青春　　婚姻自主幸福多

二 生活幸福

琴瑟永谐百年佳偶　　卿云辉绣挚
婚姻自由一代良缘　　瑞气霭华堂

琴瑟友之我昌厥后　　情歌唤醒水中月
凤凰鸣矣长发其祥　　喜酒润开庭前花

勤劳手脚贫穷少　　情深互助互勉里
恩爱夫妻欢乐多　　爱在相亲相敬间

青庐悬彩帐　　情深意浓夫妻恩爱
白璧种蓝田　　志同道合琴瑟和谐

青鸟传佳讯　　情种育出常青树
红梅绚早春　　爱田浇开幸福花

青山有意结白发　　庆良缘山欢水笑
绿水多情弹恋歌　　成佳偶女淑郎才

青丝共少最亲热　　琼楼新眷属
白头偕老更恩爱　　洞府美鸳鸯

轻描黛眉欣此日　　琼楼月皎人如玉
同骑竹马忆当年　　绣阁花香酒似诗

卿卿相敬礼　　曲拟鸾箫祥证凤卜
燕燕效于飞　　光生玉杵饮合琼浆

70

鹊桥初架双星渡
熊梦新证百子祥

柔情似水
佳期如梦

鹊桥喜渡相亲相爱
红叶题诗同德同心

三杯清酒迎乡女
一席家宴谢嘉宾

人间乐事今宵最乐
盛世新婚此日尤新

三星喜在户
百年歌好合

人勤耕作事农圃
新有室家长子孙

三星在户临花烛
百车盈门灿锦幄

日丽风和门庭有喜
月圆花好家室咸宜

山盟海誓
地久天长

日暖风和伉俪同心山成玉
月圆花好夫妻协力土变金

山水怡情福门望重
凤凰娱目鸿案辉生

日月知心红花并蒂
春风得意金屋生辉

摄成双璧影
缔结百年欢

日照蓬门添喜色
花开院落吐芳馨

笙韵谱成同梦语
烛花笑对含羞人

容貌心灵双俊秀
才华事业两风流

诗礼庭前歌窈窕
鸳鸯笔下展经纶

二　生活幸福

71

诗题红叶
彩耀青鸾

四季花常好
百年月永圆

十里好花迎淑女
一庭芳草贺新郎

昌恋洞房春暖
还争金榜名扬

室霭祥光花团锦簇
天生佳偶璧合珠联

堂上画屏开孔雀
闺中绣幕隐芙蓉

淑女闻箫欣跨凤
新郎弄笛喜乘龙

天上常圆月
家中互爱人

双飞黄鹂鸣翠柳
并蒂红莲映碧波

天上笑看星伴月
人间喜见凤求凰

双飞却似关雎鸟
并蒂常开连理枝

天拥妆台天作之合
花临宝扇文定厥祥

双情永系同心带
春意先临并蒂梅

天长地久
花好月圆

双莺鸣高树
偶燕舞繁花

甜蜜同心果
繁盛连理枝

水底月为天上月
心中人是面前人

庭院春长和鸣鸾凤
楣云瑞霭祉衍螽斯

同跨骏马驰千里
共植桃花乐百年

同谋百世业
共创合家欢

同心谱成幸福歌
并蒂开放向阳花

白头偕老
同心永结

万里云天看比翼
百年事业结同心

万紫千红十分春色
双声叠韵一曲新歌

文鸾对舞珍珠树
海燕双栖玳瑁梁

昔日同栽连理树
今朝共举合欢杯

喜逢佳节庆佳偶
好趁华年谱华章

喜结鸳盟同咏月
壮怀鹏志共凌云

喜今日心心相印
望来年宝宝逗人

喜今日银河初渡
愿他年玉树生枝

喜酒杯杯喜事喜逢喜日子
新风处处新人新建新家庭

喜盼今日成爱侣
谨记注后孝双亲

喜气盈门门迎春燕
金光绕屋屋贮新人

喜系同心结
笑开并蒂莲

喜迎亲朋贵客
欣接伉俪佳人

贤淑女创一代新风
好男儿破千年旧俗
（可作入赘联）

二　生活幸福

乡村好对联

咸亨取女吉
恒久得天长

箫管齐奏
凤凰来仪

相敬如宾好好和和四季乐
钟情似海恩恩爱爱百年长

箫引凤凰春生斑管
杯浮竹叶香到梅花

相敬如宾也可夫随妇唱
情深似海休言男尊女卑

小两口描图绘景心相映
好夫妻春播冬藏汗共流

相亲相爱美满夫妻
互敬互助幸福家庭

笑拥梅花迎翠步
题留红叶动仙娥

相亲相爱新伴侣
互帮互学好夫妻

携手结伴侣眼角眉梢添春色
同心话爱情灯前月下有知音

香生花并蒂
彩结缕同心

携手同浇理想树
并肩共赏幸福花

祥云拥大道
喜气满闺门

欣逢佳节迎淑女
聊备村醪谢亲朋

向阳花竞艳
比翼鸟双飞

新婚贺双美
齐乐庆百年

箫沏玉楼声和凤侣
花盈金屋香满蟾宫

新婚新家新人人人如意
佳期佳景佳时时时称心

新婚行新礼
春燕衔春泥

新结同心香未落
长守山盟情永鲜

新郎新娘心心相印
似龙似凤事事呈祥

新莲沐朝阳并蒂竞绽
乳燕借东风比翼齐飞

新人入户
喜气盈门

行为心灵双美好
才华事业两风流

绣阁灯明鸳鸯并立齐欢笑
妆台镜照鸾凤和鸣共吐心

雪映南窗梅标上范
箫吹画阁玉种蓝田

烟开香叶兰风起
春入桃花暖意匀

燕投画阁祥云瑞
莺啭香帘春色浓

燕舞莺歌春正丽
鸾鸣凤翥日方长

瑶琴喜奏凰求凤
玉笛横吹蝶恋花
（可作入赘联）

瑶琴一曲双声奏
月殿三秋五桂香

一对钟情侣
百年好合婚

一门喜庆三春暖
两姓欣成百世缘

一曲求凰终引凤
九霄攀桂始乘龙

一线姻缘真善美
百年恩爱福康宁

宜国宜家新妇女
能文能武好男儿

二　生活幸福

宜室宜家勤俭为本 莺声日暖鸣金谷
互帮互爱劳动争光 麟趾春深步玉堂

异乡当念故乡美 迎东风双燕飞舞
蜜月更觉岁月甜 向旭日并蒂花开

易曰乾坤定位 永偕伉俪
诗云夫妇造端 久缔良缘

易曰乾坤定矣 咏雪庭中来淑女
诗云钟鼓乐之 生花笔底是才郎

银汉双星欢七巧 友谊培植常春树
春宵一刻值千金 爱情催开幸福花

银河双星庆会 有此佳妇佳儿莫非天赐
金屋大礼观成 真个宜家宜室正是良缘

银镜台前人似玉 有志有德有识是文明门第
茜纱窗下语如诗 相知相亲相助为幸福家庭

引凤才高应跨凤 鱼水千年好
屠龙技绝自乘龙 芝兰百世荣

莺歌燕舞花吐艳 玉镜人间传合璧
水笑心欢桂飘香 银河天上渡双星

玉林芝草盛
金屋篆烟清

鸳鸯对舞
鸾凤和鸣

玉楼光辉花并蒂
金屋春暖月初圆

愿天下有情人终成眷属
作世间贤伉俪也算神仙

玉人同月朗
秋水共情长

月下彩娥来跨凤
云间仙客喜乘龙

玉台词赋传鹦鹉
金阁花枝引凤凰

月映花明花映月
鸾随凤舞凤随鸾

玉烛生辉喜兆千秋鸾凤
银灯结彩祥言百代鸳鸯

月圆花好
凤舞龙飞

鸳鸯爱碧水畅游同歌乾坤暖
鸿雁喜蓝天高飞共享日月光

云路高翔比翼鸟
龙池深种并蒂莲

鸳鸯百岁好
鱼水两情深

云拥妆台晓
花迎宝扇开

鸳鸯比翼
夫妇同心

珍珠入掌门楣喜
兰蕙吐芳庭院新

鸳鸯并立
凤凰共栖

正是莺歌燕舞日
恰逢花好月圆时

芝兰茂千载　　　　　　　种就福田如意玉
琴瑟乐百年　　　　　　　养成心地吉祥云

芝秀兰馨荣滋雨露　　　　珠联璧合洞房春暖
鸿仪凤彩高焕云霄　　　　月圆花好鱼水情深

枝生玉殿美连理　　　　　珠联璧合
花满瑶池艳并头　　　　　凤翥鸾翔

知识鼓满青春风帆　　　　祝今日结成幸福侣
劳动展开爱情羽翼　　　　盼明朝共戴英雄花

志趣相投花亦笑　　　　　赘婿如儿成两美
感情融洽月常圆　　　　　天伦叙乐庆百年
　　　　　　　　　　　　（可作入赘联）

志同道合　　　　　　　　紫箫吹月依丹凤
花好月圆　　　　　　　　绣幕临风舞彩鸾

志同感情好　　　　　　　紫燕双双容貌心灵都俊美
道合幸福多　　　　　　　红花朵朵才郎淑女更风流

志于云上浔　　　　　　　自由恋爱双方如意
人似月中来　　　　　　　民主持家百事称心

忠贞育爱情爱情纯美　　　足系赤绳姻联两姓
勤俭缔幸福幸福蜜甜　　　诗题红叶恩爱百年

尊夫爱妻家庭美满
敬老爱幼生活欢欣

贺婚联横批

爱河永浴	金玉良缘	喜气生辉
白头偕老	良辰美景	喜气盈门
百年恩爱	良缘凤缔	喜溢华堂
百年好合	麟趾呈祥	喜溢门庐
比翼齐飞	龙凤呈祥	相敬如宾
彩燕双飞	龙腾凤翔	偕老百年
赤绳永系	鸾凤和鸣	心心相印
春草吟庐	美满幸福	馨香百世
丹桂生香	美满姻缘	幸福家庭
地久天长	鸟乐同林	幸福绵长
凤麟起舞	青梅竹马	燕尔新婚
夫妇同心	情深似海	莺歌凤舞
夫妻和睦	情同鱼水	永结同心
合卺之喜	情投意合	鱼水合欢
荷开并蒂	如鼓瑟琴	玉树琼枝
户拱三星	三星在户	鸳鸯比翼
花好月圆	天作之合	鸳鸯对舞
花开并蒂	同心同德	鸳鸯福禄
吉日良宵	同心永结	鸳鸯深情
佳偶良缘	万紫千红	云天比翼
佳偶天成	五世其昌	志同道合
皆大欢喜	喜成连理	珠联璧合

二 生活幸福

贺寿联

通用贺联

爱日恩深歌长寿
慈云瑞霭乐延年

白发朱颜宜登上寿
丰衣足食乐享晚年

白鹤翔万里
红桃寿千秋

柏节松心宜晚翠
童颜鹤发胜当年

北斗临台座
南山献寿诗

北海清樽开黛色
高堂华宇照春晖

北极同荣南极同寿
灵芝为圃丹桂为林

冰冷霜寒五岳劲松曾傲雪
风和日暖一城古柳尚争春

不愁老圃秋容淡
犹有黄花晚节香

苍龙日暮还行雨
老树春深更著花

常思进取忘年老
未敢蹉跎度韶华

筹添沧海日
松祝晓春天

春放百花晴献寿
云呈五色晓开樽

春日融和欣祝寿
寿星光耀喜迎春

椿树千寻碧　　　　　　　福地人勤荷锄戴月三星朗
蟠桃几度红　　　　　　　南山寿考傲雪凌霜一柏坚

大德必寿　　　　　　　　福海朗照千秋月
美意延年　　　　　　　　寿域光涵万里天

大德仁翁多福多寿　　　　福临寿星门
南山松柏越老越坚　　　　春到劳动家

大好时光挥余热　　　　　福禄光明使君寿考
太平盛世祝遐龄　　　　　吉善长久宜我子孙

大鸟鹏飞九万里　　　　　福禄寿三星共照
蟠桃果熟三千年　　　　　天地人六合同春

得古人风有为有守　　　　福如东海
唯仁者寿如冈如陵　　　　寿比南山

地天同寿　　　　　　　　福如东海阔
日月齐光　　　　　　　　寿比南山高

东海白鹤千秋寿　　　　　福如东海长流水
南岭青松万载春　　　　　寿比南山不老松

凤凰枝上花如锦　　　　　福寿无边国恩家庆
松菊堂中人比年　　　　　今昔殊异苦尽甘来

二　生活幸福

81

福同海阔
寿与天齐

花争秋后美
人敬老来红

高风传乡里
亮节昭后人

佳辰逢岳降
瑞气霭春晖

古松千岁树
明月一池莲

健身妙术为劳动
长寿良方是乐观

光景天天好
寿辰岁岁增

健体欣逢家国盛
高龄不论子孙多

桂馥兰馨春不老
年高德劭福无穷

精神矍铄似东海云鹤
身体健康如南山劲松

鹤算千年寿
松龄万古春

景星庆云和风甘雨
醴泉芝草雪藕冰桃

红杏在林寿征二月
碧桃满树时涛三春

九如天作保
五福寿为先

琥珀盏斟千岁酒
琉璃瓶种四时花

菊花潭里人同寿
扬子江头海不波

花开红杏酣春色
酒进南山作寿杯

菊水人皆寿
桃源境是仙

老骥伏枥　　　　　　　年高喜赏登高节
余热生辉　　　　　　　秋老还添不老春

乐享遐龄寿比南山松不老　蟠桃捧日三千岁
生逢盛世福如东海水长流　吉柏参天五十围

灵芝呈五色　　　　　　平安添百福
玉树起千寻　　　　　　长寿价千金

梅开北海　　　　　　　璞玉浑金是寿者相
曲奏南薰　　　　　　　碧梧翠竹得气之清

名高北斗　　　　　　　千岁蟠桃开寿域
寿比南山　　　　　　　九重春色映霞觞

乃文乃武乃寿　　　　　乾坤为寿桂馥兰芳青山翠
如梅如竹如松　　　　　日月齐光花明柳媚碧水长

南极星临衡岳朗　　　　青霜不老千年鹤
北堂萱映海天明　　　　锦鲤高腾太液波

南山欣作颂　　　　　　穷且弥坚不坠青云之志
北海喜开樽　　　　　　老当益壮须珍皓首余晖

年丰喜看花千树　　　　曲谱南薰四月清和逢首夏
人寿笑斟酒一杯　　　　樽开北海一家欢乐庆长春

人歌上寿　　　　　　　飒飒金风声奏丰收乐曲
天与遐龄　　　　　　　朗朗秋月光照长寿人家

人间春酿熟　　　　　　山静日长仁者寿
天上寿星明　　　　　　荷香风善圣人清

人老心不老　　　　　　盛世常青树
年高志愈高　　　　　　高龄老寿星

人老一身劲　　　　　　诗谱南山筵开西序
花明满眼春　　　　　　樽倾北海彩绚东阶

人如天上珠星聚　　　　室有芝兰春自韵
春到筵前柏酒香　　　　人如松柏岁长新

人上征途心不老　　　　寿酒盈樽春风满座
志朝峰顶景长春　　　　嵩山比峻南极生辉

人增高寿　　　　　　　寿考征洪福
天转阳和　　　　　　　文明享大年

仁者有寿者相　　　　　寿同山永
福人得古人风　　　　　福共天长

瑞气满乡村人与青山同不老　　寿同松柏千年碧
暖风吹大地心随绿野共丰收　　品似芝兰一味清

寿域无涯宜友鹤　　松龄长岁月
童心不老为观花　　鹤语记春秋

树老多神韵　　　　颂献南山寿
年高有雅情　　　　祥开北斗樽

四海皆春万里云霞开寿域　　岁老根弥壮
百花竞艳一梁雏燕闹华堂　　阳骄叶更荫

松柏老而健　　　　岁序更新添寿考
芝兰清且香　　　　江山竞秀显英才

松苍柏翠　　　　　堂前燕舞迎春舞
人寿年丰　　　　　院内莺歌祝寿歌

松风高驻千年鹤　　桃李第随春水绿
玉露长滋五色芝　　桑榆偏向夕阳红

松高显劲节　　　　体健身强宏开寿域
梅老正精神　　　　孙贤子孝欢度晚年

松高枝叶茂　　　　天上太阳光照山河万里
鹤老羽毛丰　　　　人间高寿喜看兰桂盈庭

松鹤千年寿　　　　天上星辰长做伴
子孙万代长　　　　人间松柏不知年

添福添寿年高卫武
如松如柏算似庄椿

仙鹤千年寿
苍松万古春

庭前多种忘忧草
头上新簪益寿花

霄汉鹏程腾九万
锦堂鹤算颂三千

吞吐风云大鹏九万里驰南北
沉酣泉石灵椿八千岁为春秋

笑指南山作颂
喜倾北海为樽

万壑松风增寿色
四时花鸟壮诗情

心地光明宜福寿
精神爽朗自康强

万里云霞开寿域
满园桃李颂春风

心宽能增寿
德高可延年

文移北斗成天象
日捧南山作寿杯

杏花雨润韶华灿
椿树云深淑景长

五色云中三瑞草
九重天上万年松

幸逢盛世
乐享遐龄

稀龄喜晋长春酒
盛世欣开松鹤图

幸福门前松柏秀
安乐堂上步履轻

喜迎新岁
欢度晚年

性情陶乐礼
年力富春秋

胸怀淡泊人长寿
心气平和体健康

休辞客路三千远
须念人生七十稀

序届阳春春同松柏
寿称同瑞瑞献芙蓉

筵前倾菊酿
堂上祝椿龄

瑶草奇葩不谢
青松翠柏常青

野鹤无凡质
寒松有本心

一贯劳动保本色
平生廉洁树新风

一阳喜见天心夏
五福还推人寿先

已为老骥常嘶枥
化作春泥更护花

云霞成异彩
松柏表清姿

云霞辉映千年鹤
雨露滋润九畹兰

长青松有色
高寿域无疆

芝荣五色
图献九如

芝兰气味松筠态
龙马精神鸥鹤姿

紫气通南极
青云动北莱

紫松树里千年鹤
清风池边五色云

自是牡丹真富贵
果然松柏老精神

子敬孙贤福如东海
体强身健寿比南山

足食足衣晚景好
勤耕勤种夕阳红

贺女性长辈寿联

冰清还玉洁
松苍寿萱荣

蓬壶春不老
萱室日原长

慈竹青云护
灵芝绛雪滋

瑞霭全家福
光耀半边天

风和旋阁恒春树
日暖萱庭长乐花

松柏长滋仙掌露
凤凰新浴碧池春

辉腾宝婺
香发琪花

岁寒松晚翠
寿暖蕙先芬

麻姑赐得长生酒
天女敬来益寿花

婺耀呈祥近对瑶池王母
琼花并蒂恍疑姑射仙人

乃冰其清乃玉其洁
如山之寿如松之青

秀添慈竹
荣耀萱花

南极星临山岳劲
北堂萱映海天晴

萱草含芳千岁艳
桂花香动五株新

萱草千年缘　　　　玉露常凝萱草绿
桃花万树红　　　　金风远送桂花香

萱花挺秀辉南极　　玉树盈阶秀
梅萼舒芬绕北堂　　金萱映日荣

萱花欣永茂　　　　芝兰玉树竟娟秀
梅蕊庆先春　　　　青鸟蟠桃共岁华

瑶池春不老
寿域日开祥

贺夫妇双寿联

斑衣人绕膝　　　　合欢花总艳
白首案齐眉　　　　伉俪寿无疆

椿树千寻碧　　　　举酒称觞祝双星长寿
蟠桃几度红　　　　高歌引咏喜四海同春

椿萱并茂　　　　　青松多寿色
庚婺同明　　　　　丹桂有丛香

丹凤传来王母使　　绕膝承欢阖家庆
青鸾驾递老君书　　齐眉同寿恩爱深

福如王母三千岁　　绕膝芳兰夸并茂
寿比彭祖八百年　　齐眉日月庆双辉

乡村好对联

人近百年犹赤子
天留二老看元孙

泰岱松千尺
丹山凤九苞

寿庚寿婺
如竹如梅

棠棣齐开千载好
椿萱并茂万年长

松柏老而健
芝兰清且香

益寿花开并蒂
恒春树茁连枝

切龄贺寿联

半百光阴人未老
一生风雨志初酬
（五十岁）

桃熟正逢花甲茂
兰开又遇寿筹添
（六十岁女寿星）

海屋添筹不记山中花甲子
华封多祝应知天上老人星
（六十岁）

六秩华诞新岁月
三迁慈训大文章
（六十岁女寿星）

花甲昌周身手犹能大显
精神尚旺骥骐定可争先
（六十岁）

宝婺星辉延六秩
蟠桃献寿祝千秋
（六十岁女寿星）

延龄人种神仙草
纪竹新开甲子花
（六十岁）

玉树阶前莱衣竞舞
金萱堂上花甲初周
（六十岁女寿星）

一乡称长者
七十曰古稀
（七十岁）

百岁光阴传大业
半生甲子焕童颜
（七十岁）

当看九州今正盛
谁云七十古来稀
（七十岁）

人歌上寿
天与稀龄
（七十岁）

介寿呈王母蟠桃一千岁花两千岁实
忘忧羡北堂萱草四十年苦三十年甜
（七十岁女寿星）

八秩康强春秋永在
四时健旺岁月优游
（八十岁）

国中从此推鸠杖
池上于今有凤毛
（八十岁）

四代斑衣荣耋寿
八旬宝婺庆遐龄
（八十岁女寿星）

萱寿八千八旬伊始
范福九五九畴乃全
（八十岁女寿星）

八旬且献瑶池瑞
四代同瞻宝婺辉
（八十岁女寿星）

逾古稀又十年可喜慈颜久驻
去期颐尚廿载预证后福无疆
（八十岁女寿星）

九秩曾留千载寿
十年再进百龄觞
（九十岁）

漫道世间难逢百岁
且看堂上再过十年
（九十岁）

丘壑足烟霞九十年来留逸志
屋堂多雨露八旬寿后又逢春
（九十岁）

五岳同尊嵩极峻
百年上寿日方中
（一百岁）

三千岁月春常在
九秩丰神古所稀
（九十岁）

盛世长青树
百年不老松
（一百岁）

华筵九秩莱子乐
慈训三迁孟母贤
（九十岁女寿星）

百年长寿祝吾岂敢
终岁勤劳唯我不辞
（一百岁）

九旬鹤发同金母
七秩斑衣学老莱
（九十岁女寿星）

百岁为高寿
一言乃万金
（一百岁）

明月有恒纪年合献九如颂
长春不老添闰当称百岁人
（九十岁女寿星）

古稀已是寻常事
上寿今逢百岁翁
（一百岁）

年过七旬称健妇
筹添三十享期颐
（九十岁女寿星）

莫道人生无百岁
须知草木有重春
（一百岁）

堂北萱花荣九秩
天南宝婺耀千秋
（九十岁女寿星）

蓬莱盘进长生果
婺宿筵开百岁觞
（一百岁女寿星）

日煦萱花云证异彩
天留婺宿人庆百年
（一百岁女寿星）

天上三秋婺星几转
人间百岁萱草长荣
（一百岁女寿星）

设帨遇芳辰百岁期颐刚一半
称觞有莱子九畴福寿已双全
（一百岁女寿星）

贺寿联横批

春秋不老
福寿无边
福寿无疆
共祝期颐
海屋添筹
鹤算遐龄
后福无疆
庆衍古稀
人中真瑞
寿衍千秋
寿域无疆
康强逢吉
（男）
南极寿翁
（男）
蓬壶日永
（男）

嵩岳长生
（男）
椿树长荣
（男）
慈颜不老
（女）
古稀慈寿
（女）
蟠桃献寿
（女）
婺宿腾辉
（女）
萱草长春
（女）
萱花芬芳
（女）

椿萱并茂
（夫妇）
福海寿山
（夫妇）
庚婺同明
（夫妇）
酒介齐眉
（夫妇）
伉俪寿禧
（夫妇）
盘献双桃
（夫妇）
双星争辉
（夫妇）
柏翠松青
（夫妇）

贺生育联

贺生男孩联

德门喜气添一子
英物啼声惊四邻

积得累仁自求多福
承先启后生此宁馨

方记珊瑚成连理
乐闻家室结珍珠

降麟诞凤合家喜庆
培德启智为国育才

风暖兰阶花吐秀
雷惊竹院笋抽芽

锦绣生辉证喜兆
文明有种育宁馨

苟氏人龙薛家三凤
燕山五桂蜀国双珠

临风玉树对阶舞
照眼明珠入室来

桂子呈祥多厚福
兰孙毓秀兆嘉祯

麟书征国瑞
熊梦兆家祥

海上蟠桃欣结子
月中仙桂喜生枝

麟趾呈祥长贻世德
凤毛济美丕振家声

蕙草兰林门庭溢喜
桑弧蓬矢堂构增辉

绿竹生嫩笋
红梅发新枝

宁馨生应文明运　　　　天送石麟祥云绚彩
大器培成干济材　　　　怀投玉燕呈梦应昌

庆益桑弧四方有志　　　王槐证国瑞
祥证兰梦一索得男　　　窦桂兆家祥

瑞世有祥麟已为德门露头角　　舞鹤衔芝诗
丹山翔彩凤还从华阀炫文章　　祥麟吐玉来

石麟果是真麟趾　　　　以似以续克昌厥后
雏凤清于老凤声　　　　维熊维罴长发其祥

世德澈麟趾　　　　　　英物啼声惊四座
家声毓凤毛　　　　　　德门喜气洽三多

啼声报喜得佳子　　　　月窟培生丹桂子
春光盈门育英才　　　　云阶育出玉兰芽

啼声惊座知人杰　　　　螽斯已应当年瑞
佳气充闾卜世卿　　　　麟趾还呈异日祥

天上长庚降
人间英物啼

二　生活幸福

贺生女孩联

彩帨高悬添喜气
蕙盘新设识芳姿

设帨门前知有喜
摛文堂上却成欢

睹兰自知非道韫
闻芳早已识瑶英

双喜临福地
千金耀华门

今朝喜得嫦娥女
他日笑迎状元郎

慰情已喜颜如玉
宠爱珍于掌上珠

兰质蕙心延美玉
柳诗茗赋毓清才

喜见绿竹抱新笋
福来红楼藏玉珍

绿竹生新笋
红梅发嫩枝

喜结心中伴
欣生掌上珠

木兰从军巾帼不输男子
昭君出塞裙钗还胜须眉

喜看华夏添巾帼
早卜前证胜须眉

绕庭争看临风玉
照室同欣入掌珠

要知半子胜生男
中郎有女传家声

如此掌珠得未曾有
谁谓弄瓦聊胜于无

珍珠入掌门楣喜
兰蕙吐芒庭院新

贺生孪生子女联

花萼相辉开并蒂
埙篪齐奏叶双声

双喜临门第
孪生降世间

两美同生家声毓凤
一孪竞秀世德证麟

玉种蓝田证合璧
树生碧海喜交柯

幼儿庆生联

百天初入茫茫路
三代同倾眷眷情
（庆百日）

新开周岁蹒跚步
初启此生浩荡程
（庆周岁）

即日初庚已有数
自此记岁不从零
（庆周岁）

迎喜一帧周岁照
同欢三代全家福
（庆周岁）

我家百日添英物
此院三更哄俊娃
（庆百日）

转瞬新婴迎百日
展眉老幼庆天伦
（庆百日）

挽联

通用挽联

白马素车悉入梦　　　　　　高风传梓里
青天碧海怅招魂　　　　　　亮节昭后人

悲歌动地　　　　　　　　　规津难违自古谁能千年寿
哀乐惊天　　　　　　　　　高风永继后人景仰一世功

奠云遮望眼　　　　　　　　海内存知己
泣雨寄哀思　　　　　　　　云间渺知音

仿佛音容犹如梦　　　　　　鹤驾难回终隔云山家万里
依稀笑语痛伤心　　　　　　猿肠易断那堪风雨月三更

风吹秋水起珠浪　　　　　　花为春寒泣
雨点春山满眼悲　　　　　　鸟因肠断哀

风号鹤唳人何处　　　　　　怀仁颂德
月落乌啼霜满天　　　　　　虽死犹生

风凄暝色愁杨柳　　　　　　魂归九天悲夜月
月吊宵声哭杜鹃　　　　　　名留百代忆春风

精神不死
风范长存

名垂千古
光启后人

泾扫丹枫皆吊礼
门临白马尽嘉宾

名留后世
德及梓里

哭灵心欲碎
弹泪眼将枯

骑鲸去后行云暗
化鹤归来霁月寒

泪流九曲黄河溢
恨压三峰华岳低

前人典范
后世楷模

泪倾沧海
痛断黄泉

勤以持家善教子女生前诸事无荒废
乐于助人声闻村邻殁后何人不含悲

泪作倾盆雨
魂飞奠路云

情深风木终天恸
泪点寒梅触景思

流水高山思典范
春风霁月仰仪容

秋风鹤唳
夜月鹃啼

美名留千古
忠魂上九霄

山耸北廓埋忠骨
泽被乡间仰遗风

门外奠云聚
堂中悼念多

生死情难舍　　　　　　　　一片哀思挥泪诉
阴阳路已分　　　　　　　　满腔心语对谁言

世事已无常空留尘室梦萦绕　　一生树美德
音容何处觅帐望人情思渺茫　　半世传嘉风

事业已归前辈录　　　　　　一生行好事
典型留与后人看　　　　　　千古留芳名

寿高德望　　　　　　　　　一世精神归梦地
子肖孙贤　　　　　　　　　满堂血泪洒云天

素心悬日月　　　　　　　　音容宛在
悲泪湿秋云　　　　　　　　风范长存

提耳言犹在　　　　　　　　音容已杳
锥心泪未干　　　　　　　　德泽犹存

听雨生悲愁碧汉　　　　　　音容在目
望云垂泪染丹枫　　　　　　德泽铭心

痛心伤永逝　　　　　　　　雨洒天流泪
挥泪忆深情　　　　　　　　风号地哭声

烟雨凄迷满眼春花凝血泪　　月阶静夜蛩声切
音容寂寞一溪流水伴哀声　　竹院秋声鹤梦惊

云凝泪雨　　　　　忠魂一缕萦萦依故土
水放悲声　　　　　正气无量浩浩满中华

挽亲属联

挽夫、妻联

挽夫联

裂肺撕肝小哭老　　亲老家贫负担忍付称孤子
捶胸跺足妻挽夫　　行修名立诔词悲作未亡人

鸾飞镜里悲孤影　　燕阵残斜孤月冷
凤立钗头叹只身　　箫声吹断白云愁

挽妻联

宝琴无声弦柱绝　　落花春已去
瑶台有月镜奁空　　残月夜难圆

窗竹鸣秋雨　　　　淑德标彤史
床琴断夜弦　　　　芳踪入白云

春风闲楚管
明月断秦箫

挽父、母联

挽父联

父灵驾白鹤
儿泪洒黄泉

严训如山重
父恩比海深

父逝山垂首
儿悲水失声

泪倾泰岳
痛断黄泉
（挽岳父）

祭父泉为酒
思亲梦作真

丈人峰屹瞻如昨
半子情交帐在兹
（挽岳父）

教诲永记
风范长存

寿终正寝
鹤驾西天

挽母联

悲慈母去矣
期仙鹤归来

寒风摧萱萎
瑞雪托哀思

不成功业愧为子
难报春晖欲断肠

哭干两眼泪
难报三春晖

流芳百世
遗爱千秋

南柯梦里
望云思亲

凄凉甥馆慈云黯
缥缈仙乡夜月寒
（挽岳母）

义薄云天未报涓埃无限恨
波寒泰水更增半子一番愁
（挽岳母）

挽祖父、祖母联

挽祖父联

乌养未经区区怕读陈情表
鸾骖顿杳茕茕尤作痛心人

无疾而终想是生平修到
含饴未报怆从何日能安

灵鹊苦传声纵属铁石亦为洒泪
骑鲸向何处凡兹外孙怎不伤悲
（挽外祖父）

挽祖母联

懿德传诸乡里口
贤慈报在子孙身

玉洁冰清归泉路
孙贤子肖哭灵台

萱帏喜长春视外孙为孙慈恩未报
莲台已仙逝随老母哭母悲泪难干
（挽外祖母）

挽兄弟、姐妹联

挽兄弟联

阿弟辞尘致使荆庭悲寂寞
为兄洒泪何堪手足痛长分

竹径萧条平生壮志三更梦
云山迢递万里西风一雁哀

北望鹡原千里远
南来雁侣半行孤

原上春深鲲鹏音断云千里
林梢夜寂鸿雁声哀月一轮

不图花萼终联集
何忍雁行各自飞

挽姐妹联

贞静幽娴姐妹行中推独冠
凄凉寂寞杜鹃声里暗伤神

身似芳兰从此逝
心如皓月总长明

姐云孰怜甥托睹音容犹在目
我来谁呼弟依稀景况尽伤情

挽晚辈联

沉痛昙花才一现
方知芝草本无根

少者殁长者存数诚难测
天之涯地之角情不可终

花落胭脂春杳早
魂归鸳帐梦来迟

庭梧岂有雏栖处
池鹤今无子和声

痛子情深尚有尔母
藐躬德薄累及吾儿

搔首望长天夜月飘残丹桂子
伤心挥老泪和风吹折玉兰芽
（挽孙子女）

锦字成文泽掌居然呼不栉
玉台断咏招魂何处拾明珠
（挽侄子女）

身列兰阶争献瑞
香残桂蕊不禁秋
（挽孙子女）

弄玉结仙缘神女应归天上有
掌珠遭物忌奇珍未许世间留
（挽女）

月冷空床虚负平时冰玉誉
云凄甥馆难回此日雨风魂
（挽女婿）

挽友联

海内存知己
云间渺知音

犹似昨日共笑语
恍惚今时没尚存

眉间爽气无由见
座右清言不再闻

玉树栽来欣擢秀
琼枝萎去动悲怀

幸有高文垂宇宙
未酬壮志在中华

竹影仍偕身影在
墨花尽带泪花飞

幽兰空觉香风在
宿草何曾泪雨干

门户平安·宅院典雅

❀ 门联 ❀

大门联

车马虽嫌僻　　　　　户满春风春满户
莺花不厌贫　　　　　门盈喜气喜盈门

春回瑞气笼仁里　　　家种吉祥草
日拥祥云护德门　　　宅开幸福门

富贵莺花明盛世　　　金戈铁马英雄第
平安门第乐雍熙　　　卫国保疆战士家

红日高照　　　　　　开门见山山水绿
紫气东来　　　　　　进家观花花卉红

虎踞龙盘地　　　　　累仁积德根基厚
夏凉冬暖家　　　　　对宇望衡气象新

楼外江山景
门中福寿人

桃符满门书溢彩
春色遍地景生辉

门对青山摇钱树
户迎绿水聚宝盆

田园无限景
门户有余年

门焕奎壁
栋接云霞

庭外遍山绿
室中满堂红

门楣生喜气
山水有清音

祥云生紫户
喜气绕朱轩

门前有水人可智
宅后依山室常春

星移斗转
日升月恒

门外青山水流秀
户内人旺财源兴

旭日辉仁里
祥云护德门

门有古松庭无俗石
秋宜明月春则和风

宜耕宜读
能和能行

仁宅安居天赐寿
礼门积庆日生春

有脚阳春先到故园桃李
无边喜气早盈新居门庭

日升月恒天赐百福
竹苞松茂地发其祥

院小胸怀大
门低志向高

二 生活幸福

种树如培佳子弟　　　竹苞松茂
卜居恰对好河山　　　业乐居安

重门（内宅门）联

重门开曙色　　　　　进重门一步
竹泾透芳菲　　　　　添喜气十分

重门凝瑞　　　　　　鸟过重门多好语
深宅生辉　　　　　　花飞满座有清香

重门日暖花迎户　　　旭日重门照
深院春归燕入帘　　　春风柳色新

春风和一室　　　　　烟锁重门柳
淑气拥重门　　　　　燕翔深院云

春融大地　　　　　　依然双扇启
气霭重门　　　　　　又是一重新

风送鸟声来小院　　　宅院已成吉祥院
月移花影过重门　　　重门再启幸福门

后门联

存心昌我后　　　　　光前振起家声远
举步让人前　　　　　裕后留贻世泽长

光天有道　　　　　云路前无限
后福无疆　　　　　德门后有余

积德前程大　　　　知足常乐
存仁后步宽　　　　向后自宽

前程远大　　　　　忠厚留有余地步
后步宽宏　　　　　平和养无限生机

修德思垂后　　　　竹径有时风为扫
贻谋欲胜前　　　　此门无事日常关

有备无患
晷设常关

房门联

宝气光腾屏开翡翠　　开窗明月白
玉堂风静帘卷珊瑚　　倚竹晚风清

斗室乾坤大　　　　室雅何须大
寸心天地宽　　　　花香不在多

独坐每将书做伴　　室有山林乐
闭门常与笔来邻　　人同天地春

久坐不知春在室　　室有芝兰气味别
推窗忽见蝶飞来　　胸无城府地天宽

109

惜时春起早　　　月落万星镶夜幕
爱月夜眠迟　　　晓来一雨洗尘窗

心宽忘室陋　　　志士闻鸡常起舞
野旷觉天低　　　才人梦笔自生花

❀ 室内联 ❀

厅室、堂屋（中堂）联

把酒知今是　　　风声度竹有琴韵
观书识昨非　　　月影写梅无墨痕

壁挂诗书画　　　高怀同霁月
窗收日月星　　　雅量洽春风

春风大雅能容物　　海阔天高气象
秋水文章不染尘　　风光月霁襟怀

春风来处宜交良友　好山入座清如洗
秋月明时常念故乡　佳树当窗翠欲流

访友不嫌居陋巷　　花满一座人载酒
游春独喜在名山　　竹深三泾鹤窥书

金石其心芝兰其室 仁义堂前无限好
仁义为友道德为师 芝兰家内有余香

旧书细读犹多味 认天地为家休嫌室小
佳客能来为长情 与圣贤共语便见朋来

居安能望远 日丽风和锦铺院
室雅可聚贤 冬暖夏爽笑满堂

居家当有天伦乐 日映芝兰长焕彩
处世惟宜地步宽 天开奎壁近增辉

奎壁光生云汉晓 入室有兰虚怀若竹
芝兰香霭玉堂春 临光兴咏遇水流觞

老当益壮 山林做伴
乐以忘忧 风月相知

满园桃李堪娱目 诗情画意皆良友
无限风光喜舒怀 鸟语花香最可人

卿云书燕喜 世事每从宽处乐
芒树听莺声 人伦常在自忍中

清风无私雅爱我 似兰斯馨如松之盛
修竹有节长呼君 于玉比德乃冰其清

二 生活幸福

菽粟书田皆真味
心地芝兰有异香

兄弟和其中自乐
子孙贤此外何求

树影横窗知月上
花香入梦觉春来

烟霞饶胜事
桃李笑春风

四时佳景
满座高朋

野树穿花月在涧
清风拂座竹环门

四望烟霞春富贵
一庭兰桂日馨香

一窗晴日开图画
四座春风拥笑谈

松竹旷怀心神若此
智仁乐雅山水同斯

一轮明月
四壁清风

为人尚正气
处世贵公平

一庭花发来知己
半卷书开见古人

文章千古事
孝友一堂春

月出东山上
花开北苑中

心羡河阳春似锦
胸吞云梦气如虹

月无贫富家家有
燕不炎凉岁岁来

幸无三顾来门外
自有千秋在个中

云岚疑座
燕语垂帘

芝草无根醴泉无源人贵自立　　自喜轩窗无俗韵
流水不腐户枢不蠹民生在勤　　亦知草木有真香

竹雨松风梧月　　座上客常满
茶烟琴韵书声　　樽中酒不空

卧室联

春入翠闱花欲笑　　松柏当庭秀
风来绣室玉生香　　芝兰入室香

芙蓉夜月水晶镜　　祥光临绣户
杨柳春风烟墨图　　喜气入兰房

临水看云去　　寻花春起早
钩帘待月来　　爱月夜眠迟

菱花镜映纱窗晓　　玉燕春声巧
竹叶香浮绣幕春　　石麟夜梦新

梅香入梦　　月侵一帘花影瘦
竹影横窗　　风摇半榻竹荫凉

秋月照窗云影淡　　珠帘夜卷邀明月
春风拂槛露华浓　　绣阁春深护彩云

厨房联

春霭庖厨暖　　　　　　日制馨香味
梅调鼎鼐香　　　　　　时烹山海鲜

淡饭清茶有真味　　　　山肴野蔬含真味
明窗净几是安康　　　　麦饭卜羹养太和

东厨生百福　　　　　　寻常无异味
中馈集千祥　　　　　　鲜洁即家珍

户内祥光满　　　　　　有盐同咸无盐同淡
厨中瑞色多　　　　　　冷水要挑热水要烧

浓淡调世味　　　　　　珍厨凝瑞气
甘苦试人心　　　　　　宝鼎吐祥云

巧厨调美味　　　　　　斟酌得宜斯是美
妙手绣春光　　　　　　咄嗟可办亦称能

❈ 园林别墅联 ❈

背树楼高迎月早　　　　别墅初栽新竹木
临湖窗润古山多　　　　幽居先辟小蓬莱

池小能容月
檐低不碍山

楼小听春雨
峰多望夏云

窗小千峰近
楼高万木低

韶光开锦绣
春色上楼台

地多种竹欲留鹤
池不栽莲恐碍鱼

石榻看云坐
溪窗听雨眠

海近云常湿
楼高月更明

似入万重山不离三亩地
欲穷千里目更上一层楼

荷深似入茗溪路
石怪疑行雁荡间

松柏有本性
园林无俗情

剪月裁云好花四季
穿林叠石流水一湾

亭间流水齐今古
雨外青山看有无

泾隐千重石
园开四季花

一院清幽园林景
八方锦绣福寿图

楼阁烟云里
山河锦绣中

雨卷珠帘绣阁晓
风翻蕉叶画楼春

楼联绿野
路接青云

园静花留客
林深鸟唤人

园林买得价休论
蹊径何妨我别开

园林欣有春风茂
庭院喜承雨露甘

远岫碧千里
夕阳红半楼

月朝帘里照
云在楼中悬

竹里登楼人不见
花间寻路鸟先知

三

乡风文明

传统美德·时代新风

❀ 千古传承 ❀

爱劳动者其人多寿　　　　　虑事先须胸襟阔
传勤俭风子弟当贤　　　　　治家应教子孙贤

白日缸中多积水　　　　　　莫只看财边有贝
黄昏灶下少堆薪　　　　　　应常想利侧藏刀

不是孝慈友恭更有何事可乐　能受苦方为志士
只此谦和雍睦自然到处皆春　肯吃亏不是痴人

何物动人二月杏花八月桂　　勤能补拙
有谁催我三更灯火五更鸡　　俭可养廉

吉祥在户人增寿　　　　　　勤与俭治家妙策
道德传家福满门　　　　　　忍且和处世良谋

三　乡风文明

乡村好对联

入户闻家声礼乐诗书孝弟
卷帘看春色椿萱棠棣芝兰

眼界高时无物碍
心源开处有波清

身勤生百巧
心正值千金

燕雀应思壮志
梅兰珍重华年

世上岂无千里马
人中难得九方皋

要节约半丝半缕半寸布
不浪费一粥一饭一粒粮

世事如棋让一着不为亏我
心田似海纳百川方见容人

一身正气
两袖清风

孰谓犬能欺得虎
安知鱼不化为龙

一心不为风波乱
半榻常对天地宽

退一步天高地阔
让三分气顺心平

欲高门第须行善
要好儿孙必读书

万牛回首丘山重
鲸鱼破浪沧溟开

长将有日思无日
莫把无时当有时

先天下之忧而忧忧得其所
后天下之乐而乐乐在其中

正身履道
蹈德咏和

向阳门第春常在
积善人家庆有余

芝兰气味
湖海襟怀

忠厚平和传世远　　忠厚一生惭善少
仁忠礼义继风长　　平安二字值钱多

❦ 时代新风 ❦

实事求是　　　　　唯有拥军争国泰
以身作则　　　　　方能克敌保民安

团结才有力量　　　东风吹暖英雄门第
知识方是财源　　　喜报映红光荣人家

春风吹发英雄树　　改革创新兴家兴业
时雨浇开世纪花　　安定团结利国利民

存海阔天空之志　　树立勤俭节约风气
养先忧后乐之心　　发扬艰苦奋斗精神

党施惠政如人意　　同德同心创千秋大业
世展良图应国情　　克勤克俭写百年新篇

惠政兴邦千家富　　发扬谦虚谨慎优良传统
赤诚报国万众心　　坚持实事求是科学精神

万管玉箫歌盛世　　年年增收莫忘克勤克俭
千支彩笔赞新风　　节节胜利切须戒躁戒骄

三乡风文明

除旧布新喜见东风吹大地　　青云直上勉中华儿女揽高天明月
承前启后好挥彩笔绘宏图　　紫气东来建两个文明绘远景宏图

端正人生价值观反对拜金主义
提高民族自豪感弘扬爱国精神

富　强

诚心革故春长在　　　　妙手描山绣水
执意图新富自来　　　　雄心强国富农

锄春广种扶贫树　　　　民富国强万物盛
挑露长浇致富花　　　　人和家兴百业昌

春雨润喉大地欢唱丰收曲　　民主富强神州更近中兴日
政策指路农民敲开致富门　　和平发展寰宇又奔新纪元

国富民强逢盛世　　　　人添志气虎添翼
花开燕语正阳春　　　　国庆富强民庆春

国强源自方针正　　　　脱贫致富小康日
家富由于政策良　　　　足食丰衣大有年

艰苦雄强写兴业史　　　物阜国强民富
勤劳俭朴奠富民基　　　天时地利人和

民　主

创新者干事事兴业大　　俊杰领航神州崛起
明白人当家家富国强　　人民做主祖国腾飞

大聚贤能同商国是　　开发财源携民臻富
广召才俊共兴中华　　唯才是举为国进贤

大业方兴自古中华多俊杰　　万众共书开拓史
中国崛起于今遍地尽风流　　九州同唱奋飞歌

风光无限春色知众意　　祖国好风光好鸟争鸣花似锦
天地有情政策暖民心　　中华多俊杰群英奋发志凌云

国计民生全凭新政
年丰物阜有赖良谋

文　明

白雪阳春传雅曲　　国强因教育为首
高山流水觅知音　　民富以科学领先

并肩共读优生学　　家家户户处处干干净净
携手同研强国书　　事事时时人人健健康康

倡导文明兴祖国　　利国利家添幸福
发扬传统振中华　　宜男宜女共欢欣

三乡风文明

乡村好对联

两个文明花并蒂
万家幸福树连根

努力提高民族文化
勇敢攀登科学高峰

生子养子重在教子
种花栽花莫忘浇花

世事文明春满农户
乡风健朴喜盈家门

桃花李花同结丰硕果
男孩女孩皆成栋梁材

庭前清洁即为福
家道安和便是春

旧习惯宜随旧时日俱注
新年月当与新知识并增

优生子女乐无比
恩爱夫妻福有余

自爱自尊夫妇好
优生优育子孙贤

和　谐

城乡协作共同富裕
工农联盟并驾齐驱

城乡携手齐擂山河春景
军民同心再谱鱼水新歌

村村富裕家家欢乐
年年称心岁岁丰登

儿孝媳贤福添寿
家和邻睦喜增欢

丰收岁月
康乐人家

风正江山吐秀
心齐国运昌隆

风正民心顺
人和国事安

军属门庭门结彩
文明院落院生辉

改革创新兴农兴业
安定团结利国利民

康宁一家生百福
祥和二字值千金

国施善政人人乐
民树新风处处春

四季时时胜意
千门事事舒心

合力山成玉
同心土变金

太平世界家家乐
锦绣河山处处春

和睦一村生百福
平安两字值千金

雨润初春群芳吐蕊
民欣发展各族同心

继往开来百折不挠
同心同德勇往直前

自 由

快马加鞭争时刻
壮志凌云写春秋

历史长河浪打浪后浪推前浪
人生岁月年复年今年胜去年

老骥犹存千里志
巨龙更上一重天

人在征途阔步走
心向远景展翅飞

人展鲲鹏志　　　　　　听遍地豪歌证人添虎劲
国呈龙虎姿　　　　　　看漫天彩霞战马长精神

树雄心打开知识宝库　　先进帮后进日乘千里马
立壮志攀登科学高峰　　今年胜往年更上一层楼

平　等

不唯上不唯书事事从实际出发　　无倾向无偏私只认得这个理字
应为民应为党人人按准则要求　　不附势不阿强但凭得一点公心

公　正

好借廉风舒画卷　　提倡依法经营富
常将正气壮诗情　　鼓励公平获利多

法　治

党纪国法金科玉律　　法治天下
群情民意铁壁铜墙　　春满人间

法严政通　　　　　　计利须思天下利
政策归心　　　　　　求财勿取法外财

法治社会　　　　　　励精图治千家富
美好乡村　　　　　　正本清源万木春

破旧观念改旧法规旧岁送旧　　一路东风乘骏力
创新局面上新台阶新年迎新　　九州廉政暖人心

爱　国

爱国丹心昭日月　　　　　　为民甘做孺子牛
兴邦壮志起风雷

　　　　　　　　　　　　　倡导文明兴祖国
爱国精神昭后代　　　　　　发扬传统振中华
英雄志气赶前人

　　　　　　　　　　　　　赤县开千秋国运
报国勇当摘星手　　　　　　红旗舞万代雄风

崇山峻岭长城叠起沧桑贯古今著就文明历史五千岁
彩羽彤云华夏腾飞改革惊中外谱成壮丽诗歌九万春

春归祖国春风暖　　　　　　旗展五星光日月
喜看侨乡喜气多　　　　　　花开四季丽山川

国家兴亡匹夫有责　　　　　人民气魄如龙虎
民族盛衰兵民相关　　　　　祖国江山似画图

四序更新巍巍乎万里长城三春不老
一元复始灿灿兮千年古国九鼎生光

三乡风文明

题诗犹有风雷笔 兴邦有策苍生福
报国常怀赤子心 爱国无私赤子心

为子孙创业宏图惊日月 仰啸长风早负凌云志
替祖国争光奇志壮河山 宏开大局常怀爱国心

先忧后乐心系人民福祉 鹰疾如箭凌云志
远瞩高瞻志为祖国兴隆 花红似火报国心

长江奔腾源远流长中华民族中华魂
黄河哺育山美水甜东方古国东方红

指点山河翻新山河令山河流金溢彩
热爱祖国建设祖国让祖国繁荣富强

中华崛起山河竞秀
民族振兴日月争辉

敬　业

按经济规津发展经济 诚意善意为让人民满意
为人民利益造福人民 热心耐心博得群众称心

比贡献夺丰收共驰千里马 挥巨笔谱写千秋创业史
赛雄心创高产更上一层楼 树雄心描绘万代幸福图

回首百年风云气壮　　巧手干出千秋业
放怀千载事业心雄　　铁肩撑起万代梁

兢兢业业为人民服务　　万里春风陶礼乐
老老实实向群众学习　　百年事业赖勤功

立壮志为家乡添锦绣　　勇当改革排头雁
争朝夕与英模竞光辉　　甘做人民孺子牛

莫畏行路难万众同心攀顶　　壮志绘宏图永无止步
树立移山志一鼓作气闯关　　丹心创大业岂可偷闲

千秋事业原非易　　壮志凌云振鹏翼
万代根基由来深　　扬鞭催马奔征程

诚　信

薄利多销利潮涌　　重信誉财源盛茂
义财方取财日兴　　守法纪买卖隆兴

忠义取财财恒足
公心待客客常来

友　善

爱栽桃李与人乐　　花开香邻里
喜看梅花为我开　　家睦乐亲人

乡村好对联

家富人和顺如流水
时言乐笑沐若清风

细雨无声滋大地
和风有意暖人心

居乡爱乡为睦
治家严家斯和

以慧眼看人无物不照
凭良心做事随处皆春

婆媳和如母女爱
姑嫂亲赛姊妹情

书香故乡·文化长存

笔酣墨畅
心旷神怡

春风清耳目
书味润身心

笔架砚池辞海
诗花墨雨书林

得好友来如对月
有佳书读胜看花

除却读书无所好
偶题诗句不须编

读书觅佳句
润墨得风神

窗含水曲琴书韵
人读花间字句香

读有益书精神爽
行无愧事梦魂安

风月畅怀抱
诗书说性灵

鸟鸣千户竹
书枕一床风

富不读书纵有银钱身何贵
贫而好学虽无功名气亦豪

千古文章书卷里
百花消息雨声中

好花四时月白千古
远峰一角奇书半床

山水幽深襟怀妙远
诗书风好心气和平

花月联知友
读书结静缘

诗拟川中水
画看云外山

环壁列奇书有史有文堪探讨
小楼多佳日宜风宜雨足安居

诗情画意
琴韵书声

蕉分新碧侵书架
茶带余香入砚池

诗书千载经纶事
松竹四时潇洒心

客来宜对酒
人静好读书

诗书益寿
金石延年

明月侵书幌
疏星落砚池

书藏应满三千卷
人品当居第一流

墨池烟霭花间露
茗鼎香浮竹外云

书林漫步
学海遨游

三 乡风文明

乡村好对联

书山觅宝　　　　　　　四壁诗书画
学海泛舟　　　　　　　三春桃李梅

庭有嘉荫室有藏书天下事随处而安即此是雕梁画栋
卜得芳邻居成美境田舍翁问心已足漫言应列鼎鸣钟

闲居足以养志　　　　　一帘花影云垂地
至乐莫如读书　　　　　半夜书声月在天

雪片飞书案　　　　　　友天下士
梅花浇砚池　　　　　　读古今书

砚生云海　　　　　　　雨过琴书润
笔舞龙蛇　　　　　　　风来翰墨香

夜月琴声书韵　　　　　芝兰入室香俱化
春风鸟语花香　　　　　书画当庭韵最清

一窗月影兼花影　　　　至乐事无如为善
满室书香并墨香　　　　有福人方肯读书

一帘花气
四壁书香